AF612048

प्रताप चौहान

बेरोजगार की विजय

संघर्ष की कहानी

STORYMIRROR
Stories that reflect you

सर्वाधिकार © 2022 प्रताप चौहान

यह एक काल्पनिक कृति है। नाम, वर्ण, व्यवसाय, स्थान, और घटनायें या तो लेखक की कल्पना का उत्पाद है या एक कल्पित तरीके से इस्तेमाल की गई हैं। वास्तविक व्यक्तियों, जीवित या मृत, या वास्तविक घटनाओं के साथ कोई भी समानता विशुद्ध रूप से संयोग होगा।

प्रथम संस्करण: मई 2022
भारत में मुद्रित

मुद्रक : प्रिंटवन ग्राफिक्स, नवी मुंबई
टाइप : कोकिला

ISBN: 978-93-94603-14-1

आवरण रचना: देवब्रत साहू

प्रकाशक : स्टोरीमिरर इंफोटेक प्राईवेट लिमिटेड,
145, पहला माला, पवई प्लाझा,
हीरानंदानी गार्डन्स, पवई,
मुंबई-400076, भारत

Web: https://storymirror.com
Facebook: https://facebook.com/storymirror
Instagram: https://instagram.com/storymirror
Twitter: https://twitter.com/story_mirror
Email: marketing@storymirror.com

इस प्रकाशन का कोई भी हिस्सा, इलेक्ट्रोनिक, मैकेनिकल, फोटोकॉपी, रिकॉर्डिंग या अन्यथा द्वारा, के रूप में या किसी भी तरह, लेखक की पूर्व अनुमति के बिना, पुनरूत्पादित, हस्तांतरित, या किसी भी पुनर्प्राप्ति प्रणाली में संग्रहीत नहीं किया जाना चाहिए।

समर्पण

संसार में ऐसा कोई प्राणी नहीं जो संघर्ष नहीं करता। जन्म लेते ही एक शिशु बैठने के लिए संघर्ष करता है। उसके बाद चलने के लिए संघर्ष करता है। जब चलना प्रारंभ कर देता है तब आवश्यकताओं को पूर्ण करने के लिए संघर्ष करता है। क्योंकि "सफलता" संघर्ष के बाद ही मिलती है। संघर्ष करने के लिए वक्त की आवश्यकता होती है। वक्त के साथ जब व्यक्ति को कहीं से प्रेरणा मिलती है तो वो अपने प्रयासों में सरलतम तरीके से सफल हो जाता है। अगर हम अनुभवों के आधार पर कोई कार्य नहीं करते तो अपने लक्ष्य को प्राप्त करने में बहुत कठिनाई होती है। कामयाबी कहो या सफलता, दोनों ही परिश्रम करने पर ही मिलते हैं। हम परिश्रम अवश्य करते हैं लेकिन किसी की सहायता लिए बिना सफलता प्राप्त नहीं कर सकते। हम सफल होते हैं तो उसका श्रेय स्वयं ले लेते हैं, जबकि ऐसा सोचना भी उचित नहीं है। सफलता के पीछे अपने सगे संबंधी एवं मित्रों का सहयोग होता है। कभी-कभी हमें सफलता प्राप्त करने के लिए बहुत पापड़ बेलने पड़ते हैं। वहीं दूसरी ओर यही सफलता बिना किसी कठिनाई के आसानी से मिल जाती है। जब हमें सफलता आसानी से मिलती है तब हम सफलता को महत्व नहीं देते। जब हम पर बड़े बुजुर्गों का आशीर्वाद होता है,तब हम असंभव को संभव कर देते हैं। "बेरोजगार की विजय" पुस्तक के द्वारा लेखक ने एक संदेश दिया है। यह संदेश हमें ज्ञात कराता है कि एक व्यक्ति को अपनी शैक्षिक योग्यता को शस्त्र बनाकर जिंदगी की कठिनाइयों से जूझना चाहिए।

लेखक के रूप में मैंने संघर्ष करते करते कहानी लिखना प्रारंभ किया। मुझे कहानी लिखने के लिए सोशल मीडिया पर मित्रों ने प्रोत्साहित किया। माता पिता का आशीर्वाद मिला। जिस पर मां बाप का आशीर्वाद हो वो हर क्षेत्र में सफल हो जाता है। लेखन के क्षेत्र में अदृश्य शक्तियों ने मुझे एक नई दिशा प्रदान की।

इसलिए अपनी कृति “बेरोजगार की विजय” पितु मातु सहायक स्वामी सखा को समर्पित करता हूँ।

प्रताप चौहान

शिकोहाबाद

स्वीकार्यता

मैं अपनी सफलता का श्रेय आप सभी मित्रों को देता हूँ।

"बेरोजगार की विजय" एक काल्पनिक कहानी जरूर है लेकिन यह प्रेरणादायक भी है। कहानी के सभी पात्र भी काल्पनिक हैं। यह काल्पनिक कहानी संघर्ष कर रहे युवाओं को सफलता प्राप्त करने के लिए एक मार्ग प्रशस्त करती है। इस कहानी में प्रयोग किए गए पात्र के नाम तथा कहानी का मसौदा अगर किसी के निजी जीवन से मेल खाता है तो यह मात्र एक संयोग होगा। समाज में घटित घटनाओं के आधार पर ही कोई कहानी क्रमबद्ध होती है। मुझे कहानियां पढ़ने का बहुत शौक है। एक बार कहानी लिखने का विचार आया। अपनी इस इच्छा को पूरा करने के लिए स्टोरी मिरर पर अपना प्रोफाइल बनाया। स्टोरी मिरर द्वारा दिए गये प्रांप्ट के आधार पर कहानी लिखने का मौका मिलता था। प्रांप्ट के आधार पर कहानी लिखने में एक नया अनुभव प्राप्त होता है। अनुभव के साथ साथ कहानी लिखने में आसानी होती है। इन्हीं अनुभवों को आधार बनाकर मैंने एक नई कहानी लिखी जिसका शीर्षक मैंने दिया "बेरोजगार की विजय"। कहानी "बेरोजगार की विजय " के माध्यम से एक उपयोगी संदेश देने का प्रयत्न किया गया है।

अतः मैं कृतज्ञता के साथ पाठकों के समर्थन और प्यार को स्वीकार करता हूँ। भविष्य में भी आप सभी पाठकों का इसी प्रकार प्रोत्साहन मिलता रहे, ऐसी कामना करता हूँ। मित्रों के समर्थन तथा प्रोत्साहन का सदैव आभारी रहूंगा।

सादर धन्यवाद

प्रताप चौहान

शिकोहाबाद

प्रस्तावना

यदि कोई व्यक्ति सफलता पाने के लिए हृदय से मानकर और मन में ठानकर किसी कार्य को प्रारंभ करता है तो उसे सफलता अवश्य मिलती है। तात्पर्य है कि "दिल की मान ली जाए और मन में ठान ली जाए तो सफलता उस व्यक्ति की कायल हो जाती है"। इरादा यदि मजबूत हो, तो संघर्षरत व्यक्ति को सफलता उसके लक्ष्य तक पहुंचाने में सहायता करती है। हमने अपने जीवन में कई ऐसे उदाहरण देखें हैं जहां कोई व्यक्ति बार-बार असफल होकर सफलता प्राप्त करता है। सफलता हमेशा संघर्ष और प्रयत्न के बाद मिलती है। किसी भी व्यक्ति को सफलता उस कार्य में शीघ्र मिल जाती है जिस कार्य में वह दिलचस्पी रखता है।

इस पुस्तक के माध्यम से लेखक ने अपने अनुभव को आधार मानकर समाज को एक सकारात्मक संदेश देने का प्रयत्न किया है। जो व्यक्ति अपने आप को मानसिक रूप से कमजोर नहीं मानता, वह असफल होना नहीं जानता है। सफलता हमेशा मानसिक रूप से सुदृढ़ व्यक्ति का साथ देती है। जिसका मन सुदृढ़ होता है, वह जिंदगी के उतार-चढ़ाव के साथ सामंजस्य बना लेता है। जिसका मन स्वस्थ होता है वह कभी भी व्यथित नहीं होता। जो समाज अमीरी गरीबी ऊंच-नीच जाति पात और धार्मिक आडंबर के अधीन पलता है वह कई प्रकार के विकारों का शिकार हो जाता है। इन्हीं विकारों के चलते हैं लोग एक दूसरे की सहायता नहीं करते है। प्रत्येक व्यक्ति समाज द्वारा निर्धारित क्रियाकलापों के माध्यम से अनुभव प्राप्त करता है। अक्सर ऐसा देखा गया है कि व्यक्ति कितना भी शिक्षित हो, तब तक वह अपनी शिक्षा का महत्व नहीं जानता, वह कारगर नहीं होता। उसके लिए उसकी शिक्षा महत्वहीन होती है। यदि हम अपनी शिक्षा द्वारा अपना और समाज का भला कर सकते हैं तो वह शिक्षा उपयोगी मानी जाती है। इस काल्पनिक कहानी के द्वारा जीविका प्राप्त करने के लिए संघर्ष कर रहे हैं युवाओं को एक सकारात्मक संदेश देने

की कोशिश की गई है। रोजगार हर व्यक्ति के जीवन की आवश्यकता है रोजगार दो शब्दों 'रोज तथा गार' से मिलकर बना है यहाँ रोज से तात्पर्य है प्रतिदिन तथा गार से तात्पर्य है 'करने वाला' अर्थात प्रतिदिन करने वाला संक्षिप्त में कहा जाये तो हम कह सकते हैं कि जीविका निर्वहण के लिए प्रतिदिन किया जाने वाला कार्य ही रोजगार होता है जैसे- पेशा, व्यापार एंव व्यवसाय। यह बिल्कुल भी जरूरी नहीं कि सरकारी नौकरी ही रोजगार कहलाए। अपना खुद का पेशा व्यापार-व्यवसाय भी रोजगार की श्रेणी में आता है। इसका सार इस तथ्य में निहित है कि नियोक्ता एक कर्मचारी को काम पर रखता है। उसे एक नौकरी प्रदान करता है। एक वेतन देता है। लेकिन रोजगार अनुबंध केवल एक सख्ती से सीमित अवधि के लिए तैयार किया जाता है या कर्मचारी की श्रमिक गतिविधि को अनुबंध (एजेंसी के माध्यम से भर्ती) द्वारा नियोजित किया जाता है।

ईश्वर वंदना

दया करो प्रभु हे नीलांबर,

सद्बुद्धि हमें इतनी दे दो।

हो जाए स्वच्छ जीवन दर्पण,

ऐसा अद्भुत जीवन कर दो।

आ जाएं किसी के काम कभी,

इतनी शक्ति तन को दे दो।

ना बैर भाव मन में आए,

यह हृदय करुण मेरा कर दो।

दूषित ना हो जायें नजरें,

प्रभु इतना निर्मल मन कर दो

हम सदा रहें मर्यादा में,

मन को इतना सुदृढ़ कर दो

संयम रखकर हर कार्य करें,

बस यह उपकार जरा कर दो।

कमजोर ना हों बाधाओं में,

मन में उत्साह निरा भर दो।

पित मात की आज्ञा पूर्ण करें,

सेवक बनकर यह पुण्य करें

जीवन अनमोल हमारा हो,

हर अतिथि का सम्मान करें

हे! ईश्वर इतनी दया करो,

सद्बुद्धि हमें इतनी दे दो।

जितना भी जीवन है मेरा,

अचला को समर्पित यह कर दो।

अनुक्रमणिका

(अध्याय-१)

सेना भर्ती कैंप

हर वर्ष की तरह इस बार भी सितारगढ़ में सेना द्वारा 'भर्ती कैंप' का आयोजन किया गया। सैकड़ों नौजवान अपनी किस्मत अजमाने कैंप में आए। इस वर्ष मात्र 60 वैकेंसी आई थी। 60 जवानों का चयन किया जाना था लेकिन चयन के लिए 600 नौजवान उपस्थित हुए थे। इस साल 60 वैकेंसी के लिए 600 नौजवानों के आवेदन को स्वीकार किया गया था। वहां आए हुए नौजवानों में कई नौजवान ऐसे थे, जिनके लिए सेना में भर्ती होने का यह आखिरी मौका यानी लास्ट चांस था। उस मैदान में सैकड़ों की भीड़ में 'लास्ट चांस' वाले खुद को किसी सैनिक से कम नहीं समझ रहे थे। समझे भी क्यों नहीं, कई मैदानों को कई बार नाप कर के आए थे। यह 'लास्ट चांस' वाले उन लोगों को ज्ञान बांट रहे थे, जो उस मैदान में पहली बार भर्ती देखने आए थे। एक नौजवान जिसका नाम 'लियागत' था जिसने कई बार सेना की भर्ती देखी थी। वह सभी के साथ अपने अनुभव साझा कर रहा था। उसने वहां उपस्थित नौजवानों को बताया, " जिसे सफलता प्राप्त करनी हो, उसे स्प्रिंट के लिए हमेशा आगे खड़े होना चाहिए।" क्योंकि स्टैंडबाई पोजीशन में जब हम फ्रंट में रहेंगे तो हम रनिंग में लीड कर सकते हैं। दौड़ के दौरान हमें सबसे आगे रहने का मौका मिलता है। अगर भीड़ में तुम पीछे खड़े रहे तो यह भीड़ तुम्हें किसी भी कीमत पर आगे आने का मौका नहीं देगी।"

वहीं पास में खड़े एक नौजवान ने कहा, "जब तुम कई बार भर्ती देख चुके हो, तो फिर अभी तक दौड़ में आगे क्यों नहीं आ पाए? तुम क्यों नहीं फिजिकल एक्जाम क्लियर कर पाए ? जो ज्ञान तुम हम सबको बांट रहे हो वह ज्ञान खुद पर अप्लाई कर लेते तो ज्यादा बेहतर होता।"

लियागत बोला- तुमसे बहस करना बेकार है। यार मैं तो तुम्हारे फायदे की ही

बात बता रहा हूँ। अगर तुम्हें मेरी बात नहीं जच रही तो शांत रहो, बाकी लोगों को सुनने दो। लियागत ने अपनी बात को निरंतर रखते हुए कहा, देखो! अगर तुम दौड़ होने से पहले वार्मिंग अप कर लेते हो तो हंड्रेड परसेंट तुम्हें दौड़ में सफलता मिलेगी। दौड़ कभी भी फुल स्पीड में स्टार्ट नहीं करनी चाहिए। जैसे ही दौड़ शुरू होती है; पूरी ताकत मत लगाओ। एवरेज ताकत से दौड़ लगाओ। उसके बाद धीरे-धीरे स्टेप की स्पीड बढ़ाते जाओ और जब अंतिम पड़ाव पर दौड़ हो तब पूरी ताकत लगा दो दौड़ने में। गारंटी से कहता हूं कि बाकी लोगों से बेहतर परफॉर्मेंस होगा।

लियाकत अपनी बात बता ही रहा था कि तभी सेना का एक अधिकारी चार सैनिकों के साथ हाथ में एक रजिस्टर लेकर भर्ती देखने आए नौजवानों की तरफ आया। एक सैनिक ने विस्सल बजाई। विस्सल की आवाज सुनकर सभी नौजवान सावधान मुद्रा में खड़े हो गए। सेना के अधिकारी ने नौजवानों के पास आकर उनका अभिवादन करते हुए कहा- मेरा नाम कैप्टन पीसी प्रहरी है। मैं सेना भर्ती (आर्मी रिक्रूटमेंट) अधिकारी हूँ। कैप्टन प्रहरी ने नौजवानों को फिजिकल एग्जाम के बारे में विस्तार से बताया और भर्ती के संबंध में जरूरी निर्देश दिए। लगभग एक घंटे बाद सभी नौजवानों को दौड़ने के लिए ग्राउंड में रनिंग ट्रैक पर बुलाया गया।

दौड़ प्रारंभ हुई। सभी नौजवान बहुत ही जोश के साथ दौड़ प्रारंभ करते हुए एक दूसरे से आगे निकलने की कोशिश कर रहे थे। जिसने प्रारंभ में धीरे धीरे दौड़ना शुरू किया था, उनकी रेस धीरे-धीरे बढ़ रही थी। जिन्होंने प्रारंभ में ही पूरी ताकत लगा दी दौड़ने में वह मात्र 500 मीटर दौड़ने पर ही थक गए। आखिरकार 11.3 मिनट बाद 1500 मीटर की दौड़ समाप्त हुई। दौड़ की प्रक्रिया पूर्ण होने के बाद अन्य शारीरिक परीक्षाएं हुई जैसे; पुश-अप लगाना, क्षितिज लट्ठे पर बैलेंस बना कर चलना आदि।

लियागत इस बार फिजिकल एग्जाम में पास हो गया। उसके साथ आए प्रतियोगी उसकी सूझबूझ और उसके अनुभव की तारीफ किए जा रहे थे। लियागत को अपने पर बहुत गर्व हो रहा था। लियागत हर परीक्षा को जल्दी से जल्दी देना चाहता था। अपनी सफलता की खबर घर तक पहुंचाने के लिए उसे बेचैनी हो रही

थी। शारीरिक परीक्षा (फिजिकल एक्जाम) में उत्तीर्ण नौजवानों को सेना भर्ती की अगली प्रक्रिया 'मेडिकल एक्जाम ' के लिए एम-आई रूम में बुलाया गया। एम-आई रूम में डॉक्टरों ने नौजवानों की 'आई साइट' तथा शरीर के विभिन्न अंगों का परीक्षण किया। इस परीक्षण के दौरान बहुत से नौजवान मेडिकल एग्जाम में पास नहीं हो पाए। इस बार लियागत को मेडिकल एग्जाम में डिसक्वालिफाइड कर दिया गया। लेकिन लियागत ने हार नहीं मानी। वह निराश नहीं हुआ। लास्ट चांस होने का हवाला देते हुए उसने सीनियर डॉक्टर से विनती (रिक्वेस्ट) की तो 30 मिनट बाद मेडिकल बोर्ड ने पुनः मेडिकल एग्जाम किया। आखिरकार अपनी सूझबूझ के चलते लियागत मेडिकल एग्जाम में भी पास हो गया। मेडिकल एग्जाम को पास करने वाले नौजवानों को लिखित परीक्षा के लिए एग्जामिनेशन हॉल में बिठाया गया। 2 घंटे की लिखित परीक्षा के बाद सभी की आंसर शीट को जमा कर लिया गया। सुबह से चलने वाली भर्ती प्रक्रिया आखिरकार अंतिम पड़ाव पर थी। शाम के 4:00 बज चुके थे। 4:15 पर नोटिस बोर्ड पर रिजल्ट चस्पा कर दिया गया। तीनों परीक्षाओं में पास 60 नौजवानों के नाम उस मेरिट लिस्ट में शामिल थे। वह 60 नौजवान अब सेना के जवान बन चुके थे। इन सबके बीच कुछ नौजवान ऐसे भी थे जिनका यह आखरी मौका यानी कि लास्ट चांस था। इन्हीं नौजवानों में एक था लियागत जिसका नाम इस मेरिट लिस्ट में नहीं था। किसी सरकारी जॉब को पाने के लिए लियागत का यह आखिरी मौका था। वह सदमे में आ गया था। फिर अचानक एग्जाम हॉल के बाहर बैठकर वह जोर जोर से रोने लगा। वह बार-बार अपनी किस्मत को कोस रहा था। उसे ऐसी दयनीय हालत में देख कुछ नौजवान उसके पास बैठकर उसे दिलासा देने लगे।

दिलासा देते हुए एक नौजवान 'देवा' ने कहा- भाई यह जिंदगी संघर्ष करने के लिए ही मिलती है। यहां कभी किस्मत धोखा देती है तो कभी इंसान । इसलिए अपने आप को इतना मजबूत बनाओ कि जब कोई दर्द आपसे टकराए तो दर्द को भी दर्द हो।

लियागत ने अपने आप को संभालते हुए कहा- मेरे भाई, जिंदगी ने मुझे बहुत

परखा है। अभी तक तो फेल होने पर यही सोचकर संतोष कर लेता था कि भर्ती होने के लिए अभी मेरे पास और भी मौका है। भाई क्या बताऊं तुमको, आज मैं अपने माता-पिता से वादा करके आया था कि अबकी बार भर्ती होकर दिखाऊंगा। मेरे दृढ़ विश्वास को देखकर मेरे पिता ने 15 दिन पहले ही मेरी मंगनी कर दी थी। मंगनी होने के बाद मैं अपनी मंगेतर के संपर्क में आ गया। मंगेतर से सुबह शाम बात करने लगा। मेरी सरकारी नौकरी (गवर्नमेंट जॉब) लग जाए इसलिए मेरी मंगेतर सरिता ने सोमवार का व्रत भी रखा था। अब तुम ही बताओ मैं अपने घर पर किसको क्या बताऊंगा। मेरी मंगेतर क्या सोचेगी ? अब शादी का क्या होगा ? यह अरेंज मैरिज गवर्नमेंट जॉब पर डिपेंड थी।

लियागत की बात से भावुक होकर वहीं पास में बैठे कमले ने कहा- सब सही होगा, धैर्य रखो। दुनिया में सभी गवर्नमेंट जॉब नहीं करते। प्राइवेट जॉब भी कर सकते हो। कोई बिजनेस भी कर सकते हो। पैसा कमाने के इस दुनिया में हजारों साधन हैं।

कमले की बात सुनकर लियागत बोला, 'भाई सेंट्रल गवर्नमेंट की जॉब पाने के लिए हर कोई परेशान रहता है। क्योंकि सेंट्रल गवर्नमेंट की जॉब में पेंशन प्लान होता है। लाइफ सिक्योर हो जाती है। अगर कोशिश करता तो स्टेट गवर्नमेंट की जॉब कर सकता था। बहुत जुगाड़ थी। लेकिन राज्य कर्मचारियों को कोई पेंशन नहीं मिलती है'। तुम बिजनेस की बात करते हो, तो सुनो, किसी छोटी से छोटी बिजनेस को स्थापित करने के लिए एक बड़ी रकम की आवश्यकता होती है। मेरे भाई, मेरा कहने का मतलब यह है कि यह बड़ी रकम ना तो मेरे पास है और ना ही मेरे बाप दादा के पास।

देवा उठकर खड़ा हो गया। उसने लियागत से कहा- मैं तुम्हारी बात से सहमत हूँ। तुमने बिल्कुल सही कहा, समझ सकता हूँ, तुम्हारी प्रॉब्लम को, क्योंकि मेरे साथ भी सेम टू सेम प्रॉब्लम है। अपनी भी एक लव स्टोरी है। अभी यहां बैठकर क्या बताऊं यह आर्मी एरिया है। चलो कहीं बाहर चलते हैं,वहीं बैठकर बात करेंगे। भर्ती होने के लिए जो आए थे वह सभी जा चुके हैं। केवल हम 5 लोग बचे हैं। वैसे भी

अब हम लोग कुछ नहीं कर सकते, फिलहाल चलो यहां से। अब यहां रुकना सही नहीं है। वैसे भी शाम के 7:00 बजने वाले हैं। आर्मी स्टाफ डिनर कर रहा है। उनका डिनर टाइम चल रहा है। चलो रेलवे स्टेशन पर जाकर बैठेंगे। बहुत भूख लगी है, रेलवे स्टेशन के बाहर 'अन्ना की दुकान' पर बैठकर इडली सांभर खाएंगे।

(अध्याय-२)

पंजा गैंग

लियागत, कमले और देवा के साथ दो अन्य साथी महोबा तथा जॉन भर्ती कैंप से बाहर निकलकर रेलवे स्टेशन पहुंच गए। वह पांचो रेलवे स्टेशन के बाहर "अन्ना इडली सांभर पॉइंट" नामक एक दुकान के अंदर जाकर बैठ गए। देवा ने सभी के लिए इडली सांभर मंगाया। इडली सांभर खाते-खाते सभी आपस में अपनी हालत पर चर्चा करने लगे। इडली सांभर खाने के बाद सभी ने बराबर पैसे इकट्ठे करके बिल चुकाया। थोड़ी देर बाद कमले ने चाय मंगाई। चाय की चुस्की लेते हुए लियागत ने कहा- भाइयों हमें नौकरी तो मिली नहीं लेकिन अब हम सभी को अपना रोजगार खुद ढूंढना होगा। हम सभी इस तरह बेरोजगार बनकर नहीं बैठ सकते। वह पांचों **'बेरोजगारी पर विजय'** के लिए योजना बनाने लगे। चर्चा करने के बाद लियागत ने अपने दायीं ओर बैठे साथी से कहा- चलो तुम से शुरू करते हैं। तुम बताओ अपने बारे में, उसके बाद मैं बताऊंगा अपने बारे में। एक-एक करके सभी अपना परिचय देंगे। एक दूसरे से परिचित होकर हम सब एक दूसरे की समस्या को साझा करेंगे। और एक दूसरे का हमेशा साथ देंगे। आज से हम पांचों लोग दोस्ती की मिसाल बनेंगे।

लियाकत के दायीं ओर बैठा साथी बोला- दोस्तों, मेरा नाम कमले है। मैंने इंटर करके मेडिकल में एक डिप्लोमा किया है। मेरे पिता एक सरकारी विद्यालय में हेड मास्टर हैं। हम दो भाई बहन हैं। मेरी बहन की शादी हो चुकी है। मेरी मां एक ग्रहणी (होम-मेकर) है। मेरे पिता बहुत ही गंभीर स्वभाव के है। उनकी पूरी जिंदगी मुझे संस्कार देने में ही निकल गई। मुझे उनकी कसौटी पर खरा उतरना है। मैं कैसे खरा उतरू बस इसी बात की टेंशन लगी रहती है।

लियागत ने कमले के कंधे को थपथपाते हुए कहा- बहुत ही अच्छी फैमिली है

तुम्हारी। तुम्हें कामयाबी मिलेगी। तुम ईमानदारी से प्राप्त कर रहे हो। तुम्हारे पिताजी का आशीर्वाद तुम्हारे साथ है। अच्छा एक बात बताओ, तुमने मेडिकल' में कौन सा डिप्लोमा किया है ?

कमले ने जबाब दिया, "डिप्लोमा इन चाइल्ड हेल्थ" है। मैंने एक प्राइवेट क्लीनिक पर दो साल प्रैक्टिस भी की है। पगार बहुत कम थी, काम ज्यादा था, इसलिए मैंने वह जॉब छोड़ दी। अब नई जॉब की तलाश में हूँ।

लियागत बोला:- वाह, बहुत बढ़िया कमले भाई! काम का डिप्लोमा है। अब सुनो मेरे बारे में साथियों, मैं बीएससी कर चुका हूँ। मुझे भी मेरी पसंद की नौकरी नहीं मिली। मैं अपने माता-पिता का इकलौता बेटा हूँ। मेरे माता-पिता को मुझसे बहुत उम्मीद है। उनके लिए मैं बहुत ही योग्य और आज्ञाकारी बेटा हूँ। अभी 15 दिन पहले ही सरिता नाम की लड़की के साथ मेरी मंगनी हुई है। मैं किसान परिवार से हूँ। मैं यहां से 25 किलोमीटर दूर एक छोटे से गांव तकियापुरा में रहता हूँ। मैंने अपने बारे में बता दिया अब यह भाई बताएं जो कमले के पास बैठे हुए हैं।

कमले के पास बैठे नौजवान ने कहा- हेलो फ्रेंड्स, मेरा नाम 'जॉन' है। मैं भी ग्रेजुएट हूँ। मैंने "पम्प ऑपरेटर" का डिप्लोमा किया है। मैंने भी पंप ऑपरेटिंग की जॉब के लिए कई बार प्रयास किया,लेकिन कामयाबी नहीं मिली।

वहां बैठे एक नौजवान ने जॉन को समझाते हुए कहा- जॉन भाई मेरा नाम देवा है। देखो भाई, डिप्लोमा हो या डिग्री, दोनों ही काम की चीज हैं। अगर व्यक्तियों के पास दोनों सर्टिफिकेट हैं तो वह अपनी जीविका आसानी से चला सकता है। मैंने आज से दो वर्ष पहले पॉलिटेक्निक किया था। मैं एक छोटे से कस्बे में रहता हूँ। मेरे पिता का एक छोटा सा जनरल स्टोर है। मैं मिडल क्लास फैमिली से हूँ। हम चार भाई बहन हैं। मेरी दोनों बड़ी बहनों की शादी हो चुकी है। भाइयों में मैं बड़ा हूँ। मेरा छोटा भाई अभी इंटर में है। हम में से किसी भाई की शादी नहीं हुई है। मैं बस यही कहना चाहता हूं कि हम सभी को सफलता अवश्य मिलेगी। सफलता पर और अधिक चर्चा करने से पहले, ये पांचवे बेरोजगार अपना परिचय दें। हम चारों बेरोजगार तो अपनी कहानी बता चुके हैं। अब तुम बताओ अपने बारे में कुछ।

बेरोजगार शब्द सुनकर सभी हंसने लगते हैं।

बेंच पर बैठे पांचवे नौजवान ने कहा- मेरा नाम महोबा है। मैं वृंदावन का रहने वाला हूँ। मेरे पिता एक वकील हैं। हम पांच भाई बहन हैं। मैं भाई बहनों में दूसरे नंबर पर हूँ। मेरे पास तो ले देकर केवल बी.ए. की एक डिग्री है। मैंने और कोई डिप्लोमा वगैरह नहीं किया। बस इसी डिग्री के सहारे रोजगार की आस लगाए बैठा हूँ। वैसे तो मेरा बड़ा भाई इंडियन नेवी में कार्यरत है। उसी से प्रेरणा लेकर मैं भी सैनिक बनना चाहता हूँ। सभी नौजवान परिचय सुनकर बहुत खुश हुए।

सभी का परिचय होने के बाद लियागत ने कहा- सुनो भाइयो, हम सभी पढ़े-लिखे तो हैं लेकिन किस्मत साथ नहीं देती है। किसी न किसी वजह से हम लोग असफल हो जाते हैं। कभी फिजिकल प्रॉब्लम तो कभी मेरिट के चक्कर में सेलेक्ट नहीं हो पाते। यारो, हम सभी वेल एजुकेटेड हैं। दो वक्त की रोटी लायक तो किसी ना किसी तरह कमा सकते हैं। इसलिए अब हमको एक साथ मिलकर कोई योजना बनानी होगी जो हमको बेरोजगारी पर विजय दिला सके। तो चलो साथियों देर किस बात की, अब वक्त आ गया है हम लोग संगठित होकर कोई काम करें। हम लोग **पंजा गैंग** के नाम से अपना एक गैंग बनाएंगे। अपना गैंग गरीबों की सहायता करेगा तथा जरूरत से ज्यादा अमीरों से धन मांगेगा। जो भी धन मिलेगा, उस धन की सहायता से हम सब मिलकर एक अच्छा बिजनेस शुरू करेंगे। बिजनेस के साथ-साथ जरूरतमंदों की सहायता भी करेंगे।

सभी लियागत की बात से सहमत हो जाते हैं। कुछ देर बाद एक ट्रेन प्लेटफार्म पर आकर रुकती है। सभी उस ट्रेन के शयनकक्ष यानी स्लीपर क्लास में बैठ जाते हैं। एक टीटी उस कक्ष में आकर सबकी टिकट चेक कर रहा था। यह पांचों बेरोजगार बिना टिकट के ही शयनकक्ष में घुस गए थे। टिकट ना होने के कारण सभी डरे सहमे थे।

देवा ने कहा, देखो! आगे ऊसर इलाका है। यहां टिंडोली रेलवे स्टेशन पर ट्रेन 2 मिनट के लिए रुकेगी। रेलवे स्टेशन से बाहर निकलते ही पूर्व साइड का इलाका 10 किलोमीटर तक ऊसर है। हम उस इलाके में अपने किसी भी योजना को अंजाम

दे सकते हैं। इसलिए अब सभी उठो और चलो मेरे साथ, हम सब अभी टिंडोली रेलवे स्टेशन पर उतर जाएंगे। सभी उठकर उस बोगी के दरवाजे पर खड़े हो गए। 10 मिनट बाद ट्रेन रेलवे स्टेशन पर रुकी सभी ट्रेन से नीचे उतर गए।

ट्रेन से उतरने के बाद देवा सभी को वीराने ऊसर की तरफ ले गया। सुनसान क्षेत्र आते ही बाकी लोग सहमने लगे। तभी कमले ने धीरे से जॉन के कान में कहा, यह कहां लेकर आ गया है? कहीं हम सभी को ना लुटवा दे।

कमले की बात सुनकर जॉन ने फुसफुसाते हुए कहा, यार हम लोग कहीं किसी मुसीबत में तो नहीं पढ़ने वाले। देख भाई, हम सब पहले से डरे हुए हैं। हम किसी को क्या लूटेंगे?

देवा चलते चलते अचानक रुक गया। उसके रुकते ही सभी रुक गए। तभी लियागत ने देवा से कहा, क्या हुआ रुक क्यों गए। देवा भौहें तानकर बोला, देखो पहली बात तो यह कि अगर जिंदगी में कुछ करना है तो रिस्क लेना पड़ेगा और दूसरी बात यह कि अगर रिस्क लेना है तो जिगरा बड़ा करना पड़ेगा।

लियागत ने कहा- चलो ठीक है भाई, तुम्हारी बात मान लेते हैं। लेकिन हां एक काम करना होगा, सबसे पहले वीराने में हम सभी को विश्राम करने के लिए अनुकूल स्थान खोजना होगा। सभी बातें कर ही रहे थे कि तभी देवा को किसी की आवाज सुनाई दी।

देवा बोला- भाइयों ध्यान से सुनो, ये गाना कौन गा रहा है इस वीराने में?

लियागत ने अपने दाई तरफ देख कर कहा- अरे! वो देखो, उस तरफ कोई बैलगाड़ी वाला आ रहा है। हम लोगों की तरफ ही आ रहा है। सुनो सभी, यह बैलगाड़ी वाला हमारा पहला कस्टमर होगा। इसके पास जो भी माल होगा वह सामान ले लेंगे। कोई डरेगा नहीं, हम सभी को हिम्मत से काम लेना होगा।

बैलगाड़ी वाला अपने थाना मस्त था। वह तो **लिटिल लिटिल क्रेजी,** गाना गाते हुए आ रहा था। वह अपनी धुन में गाए जा रहा था।

लिटिल लिटिल क्रेजी, "आई एम, लिटिल लिटिल बोल्ड"

फौलादी इरादे हैं, "ना होंगे कभी होल्ड"

लिटिल लिटिल क्रेजी,"आई एम लिटिल लिटिल बोल्ड"

धूल जैसी जिंदगी, बना देंगे हम गोल्ड;

लिटिल लिटिल क्रेजी, "आई एम, लिटिल लिटिल बोल्ड"

धूप से यारी,अच्छी लगती नहीं छांव;

"अंगारों पे चलने से नहीं जलते मेरे पांव"

"वांटिंग ऑफ माय हार्ट एवर अनटोल्ड"

लिटिल लिटिल क्रेजी,"आई एम, लिटिल लिटिल बोल्ड"

अपना तो इरादा, थोड़ा रक्खूँ में सुकून,

"जिंदगी को जिंदादिल, बनाने का जूनून"

"जीतेंगे ये जिंदगी, थारे थ्रेसहोल्ड"

लिटिल लिटिल क्रेजी, "आई एम, लिटिल लिटिल बोल्ड"

जैसे ही बैलगाड़ी उन नौजवानों के नजदीक आई। बैलगाड़ी को रोकने के लिए लियागत ने हाथ से इशारा करते हुए कहा, "ओ भाई, लिटिल लिटिल सानू कुमार…थांबा…थांबा" इतनी जल्दी क्यों है। कहां भाग रहे हो। थोड़ा वक्त हमें भी दो।

देवा ने हंसते हुए लियागत से कहा- हा हा हा हा हा..'अरे बाबा, सानू कुमार नहीं! कम से कम किसी गायक का नाम तो याद रखा करो। सानू कुमार नाम का तो कोई गायक नहीं है। तुम जो कहना चाहते हो वह फिल्म इंडस्ट्री का गायक कुमार सानू है।

लियागत बोला- अरे ठीक है भाई कुमार सानू , कुछ भी सही, मतलब समझ

जाया करो। इतना डीप में मत जाया करो। हां तो भाई गाना बंद करो। मेरी बात सुनो!

बेल गाड़ी चला रहे शख्स ने लियागत की ओर देखते हुए पूछा, क्या हुआ, तुमने बैलगाड़ी को क्यों रोका?

देवा ने कहा - अरे, भाया पहले अपना नाम बता। तिहारो नाम का है ? कौन से गांव के रहने वाले हो? इस बैलगाड़ी में क्या लेकर जा रहे हो? यह सब बताओ।

बैलगाड़ी वाला बोला, "मेरा नाम करुआ है।" मैं यहीं 2 किलोमीटर दूर स्थित गांव बंजरपुर का रहने वाला हूँ। भाई मैं तो एक साधारण किसान हूँ। मैं कोई जमीदार नहीं जो इस बैलगाड़ी में माल लादकर ले जा रहा हूँ।

बैलगाड़ी वाले का नाम सुनकर लियागत बोला, हम लोग **पंजा गैंग** के डाकू हैं। हमें माल चाहिए। तुम्हारी बैलगाड़ी में जो भी सामान है हमारे हवाले कर दो।

करुआ बोला- क्या अर्थ है तुम्हारी इस जवानी का, क्या करोगे बैलगाड़ी में रखे इस पानी का ?

लियागत ने करुआ से पूछा- क्या मतलब है तुम्हारा? बहुत बड़ा कवि बन रहा है। जवानी भी तभी काम आती है जब आदमी के हाथ में पैसा हो। अगर पैसा नहीं है तुम्हारे हाथ में तो तुम कुछ भी काम नहीं कर सकते। कोई नहीं पूछता है कौड़ियों के भाव और यह बताओ तुम कौन से पानी की बात कर रहे हो।

करुआ:- अरे,मैं बैलगाड़ी में रखे पानी की बात कर रहा हूँ। इस बैलगाड़ी में सोना चांदी नहीं बल्कि बैलगाड़ी में रखे मटका में पीने वाला पानी है। हां अगर प्यास लगी है तो बताओ, तुमको पानी पिला सकता हूँ।

देवा बोला- हां, प्यास तो लगी है। चलो पहले सभी को पानी पिलाओ उसके बाद बताएंगे हमें क्या करना है। तुम बस एक काम करो इस बैलगाड़ी में रखे इस मग से पानी निकालकर हमें दे दो।

करुआ सभी को पानी पिलाने लगा। सभी ने पानी पी लिया। करुआ ने बैलगाड़ी में रखी किताब को उठाकर लियागत से कहा- यह देखो, शिकोहाबाद के प्रताप

चौहान की लिखी हुई **"काव्य मंथन"** पुस्तक है। अगर इस पुस्तक को तुम लोगों ने पढ़ा होता तो तुम लोग चोरी चंगारी जैसा कृत्य करने की नहीं सोचते। सुनो! इस पुस्तक में लिखी एक कविता तुम्हें सुनाता हूँ। कविता मुझे बहुत पसंद है। उम्मीद करता हूं तुमको भी पसंद आएगी। इस कविता से पता चलता है की एक पत्नी इंतजार करती है तो उसकी भावनाएं कैसे होती हैं। मेरी पत्नी मेरा इंतजार कर रही होगी। इसलिए मुझे मत रोको, मुझे जाने दो। यह कविता सुना कर मैं अपनी राह चला जाऊंगा। सुनो ध्यान से-

बाट जोह करके अब हारी, लगता नहीं जिया।

एक बरस की हुई जुदाई, कैसा जख्म दिया॥

हृदय हास्य अब नहीं रहा है, जब से गया पिया।

आस लगाये राह निहारे, क्यों आता नहीं पिया॥

बाट जोह करके अब हारी, लगता नहीं जिया।

एक बरस की हुई जुदाई, कैसा जख्म दिया॥

कोसों दूर गया मेरा दिलवर,सन्देश ना कोई दिया।

परीनय मिलन रुलाये हरदम, तडपे मेरा हिया॥

बाट जोह करके अब हारी, लगता नहीं जिया।

एक बरस की हुई जुदाई, कैसा जख्म दिया॥

यादों की पीड़ा में तड़पूं, कैसा ये प्रसंग हुआ।

सिहरन सी उठती है बदन, जब से संग हुआ॥

बाट जोह करके अब हारी, लगता नहीं जिया।

एक बरस की हुई जुदाई, कैसा जख्म दिया॥

नींद नहीं आती है अब तो,अखियाँ करती बरसातें।

दिन का चैन लुटा बैठे हैं हम, कटती नहीं अब रातें ॥

संचार का साधन सुख देता, जब करती तुमसे बातें ।

विरह की पीड़ा को ही अब हम,कितनी उम्र तक काटे ॥

लियागत ने झुंझलाते हुए कहा, ओ भाई! बंद करो यह सब। हम सब बेरोजगार हैं।। खुद के लिए दो वक्त की रोटी का इंतजाम कर रहे हैं। दर दर की ठोकर खा रहे हैं। इधर उधर भटक रहे हैं। कविता से क्या भूख प्यास मिटेगी, रख ले अपनी पुस्तक अपने पास और जो माल है वह हमें दे दे।

करुआ बोला- मैं इस बैलगाड़ी में अपने बीवी बच्चों के लिए पीने योग्य पानी लेने के लिए जा रहा हूँ। मैं कोई सोना चांदी का व्यापार नहीं कर रहा हूँ, जो कि मेरी गाड़ी में सोना चांदी भरा होगा। हां इतना कहना चाहता हूं कि तुम्हारे लिए भोजन की व्यवस्था में कर सकता हूँ। लेकिन इसके लिए तुम्हें एक कविता सुननी होगी। शायद तुम्हें कुछ सीख मिले। यह कविता तुम सभी लोगों का मनोबल बढ़ाएगी, हो सकता है तुमको कामगार बना दे।

करुआ बैलगाड़ी से नीचे उतर कर पुस्तक में लिखी एक कविता सुनाने लगता है।

उम्र के हर मोड़ पर,

महफ़िल हसीन चाहिये

रंग हों उमंग के,

बस मौज होनी चाहिये।

मिले अगर मुफ्त में तो,

सुकून मिलना चाहिये।

अंदाज ऐसा चाहिये,

जन्नत भी झुकनी चाहिये।।

जिन्दगी संघर्ष है तो,

हर्ष होना चाहिये।।

उमंग का त्यौहार तो,

हर वर्ष होना चाहिए।।

एक पल की जिंदगी,

उत्कर्ष होना चाहिए

जिन्दगी संघर्ष है तो,

हर्ष होना चाहिये।।

देवा ने करुआ के हाथ से पुस्तक लेते हुए कहा- हम लोग डाकू बन चुके हैं। अब हमें किसी ज्ञान की जरूरत नहीं है। देवा ने पुस्तक अपने बैग में रख ली और करुआ से कहा- यह पानी तुम अपने पास रखो और यह बैलगाड़ी हमको दे दो। इसे हम बाजार में बेचकर पैसे कमाएंगे।

बैलगाड़ी के मालिक करुआ ने निर्भीकता से कहा, तुम सब को देखकर लगता तो नहीं कि तुम लोग डाकू हो। अभी तुम लोगों की उम्र ही क्या है जो डाकू बनने चले हो पढ़े-लिखे लड़के होकर ऐसा काम करने की क्या मजबूरी है।

देवा ने गुस्से से कहा- ज्यादा ज्ञानी मत बन, जो भी राशन पानी इस बैलगाड़ी में रखा है वह सब हमारे हवाले कर दो। और निकल जाओ पतली गली से।

करुआ ने निराश होते हुए कहा, कितनी बार बोलूं इस मटके में केवल पानी है। मेरे गांव के लोगों की ऐसी किस्मत कहां कि बैलगाड़ी में राशन लादकर चलें।

लियागत ने बैलगाड़ी में रखे कलश को देखा तो उसमें पानी भरा हुआ था। पानी देखकर वह बड़ी लाचारी से बोला 'अरे, यह तो सही कह रहा था। यह तो वास्तव में पानी लेकर जा रहा है। बैलगाड़ी में पानी लादकर क्यों ले जा रहा है ?

बैलगाड़ी वाले अर्थात करुआ ने बड़े दुखी अंदाज में बताया- अब मैं आप

लोगों को अपना क्या दुखड़ा सुनाऊं, हम गांव वालों के नसीब में पीने के लिए खारा पानी लिखा है। खारे पानी में उपजी हुई साग सब्जी और अन्य फसलें लिखी हैं। हमारे क्षेत्र में खारे पानी की समस्या है। हमारी फसलें उतनी पैदावार नहीं दे पाती हैं जितनी पैदावार होनी चाहिए। दरअसल यह सब किसी दैवीय शक्ति का प्रकोप है। अब तो कोई दिव्य पुरुष आकर कोई चमत्कार कर दे तभी हमारी समस्या का समाधान हो सकता है। क्योंकि सरकार ने बहुत प्रयास किए लेकिन गांव से एक किलोमीटर दूर तक जमीन से खारा पानी ही निकलता है। इसलिए हम दो-तीन किलोमीटर दूर से पीने योग्य मीठा पानी लेकर आते हैं तब कहीं जाकर जिंदा रह पाते हैं।

सभी नौजवान करुआ की बात सुनकर भावुक हो गए। सभी एक दूसरे को देखने लगे। वहां खड़े पांचों बेरोजगारों में से एक बेरोजगार कमले ने करुआ से कहा- आपकी दयनीय दशा देखकर हमें बहुत दुख हुआ। आप अपनी बैलगाड़ी और अपना पानी अपने घर ले जाइए। हम आप जैसे गरीबों को लूट कर अपना पेट नहीं पालना चाहते हैं। हम सभी चाहते हैं, आप सब गांव वालों की समस्या शीघ्र दूर हो। आप सब गांव वाले सुखी जीवन व्यतीत करें।

करुआ कमले की बात पर बोला, मुझे पहले ही पता था, तुम लोग डाकू नहीं हो। तुम लोग पढ़े लिखे नौजवान हो। तुम राह भटक गए हो। तुमने अच्छी शिक्षा प्राप्त की है लेकिन तुम्हें रोजगार नहीं मिल रहा है। तुमने पढ़ाई लिखाई की है अपने ज्ञान का प्रयोग करो। तुम सभी लोग अवश्य सफल हो जाओगे,यह मेरा वादा है। इतना कहकर करुआ अपनी बैलगाड़ी लेकर अपने घर की ओर चला गया।

(अध्याय-३)

समस्या का समाधान

कलुआ के चले जाने के बाद वह पांचों साथी करुआ की बात को गंभीरता से लेते हुए आपस में मंत्रणा करने लगे। कमले ने सभी को एक सुझाव देते हुए कहा- आप सभी के लिए सुझाव है कि हमें अब अपने रहन-सहन का सामान्य तरीका छोड़ना होगा, सामान्य व्यवहार त्यागना होगा तभी हम कुछ कर सकते हैं। मेरे विचार से बंजरपुर गांव के लोग अंधविश्वासी हैं। इस गांव के लोगों का तंत्र मंत्र तथा दिव्य पुरुषों पर अटूट विश्वास है। यदि हम लोग इन लोगों का प्रयोग करें तो हम इनकी समस्या के साथ-साथ अपनी समस्याओं का भी समाधान कर सकते हैं। देखो हम यहां पर 5 लोग हैं। हम में से किसी एक को साधु बनकर एक चमत्कार करना होगा। साधु बनने के लिए कुछ मंत्रों की आवश्यकता होगी। मंत्र हमें याद करने पड़ेंगे। साधु के गेट अप में आने के लिए कपड़े पास ही शहर में नाट्य मंडली स्टोर से किराए पर ले सकते हैं। मेरा कहने का मतलब है कि हमें एक अलग अंदाज के द्वारा उन लोगों को भरोसा दिलाना होगा कि हम ही उनके हितेषी हैं।

देवा ने भौहें चढ़ाते हुए कहा, अरे! 'कैसी बात करते हो कमले भाई', अगर हम लोग उस गांव में गए तो हम लोगों को यह बैलगाड़ी वाला करुआ, जो हम सब को अभी-अभी देख कर गया है, तुरंत पहचान लेगा। उसे पता है हम लोग दो वक्त की रोटी कमाने के लिए दर-दर भटक रहे हैं। हम भला कौन सी दिव्य शक्ति के जानकार हैं।

देवा की बात काटते हुए लियागत बोला- अरे सुनो, मेरे पास एक आईडिया है। हम सबको पता है इस गांव के लोग कोसों दूर से मीठा पानी लेकर आते हैं। अर्थात इस गांव से एक किलोमीटर दूर तक खारा पानी है। मीठा पानी उपलब्ध करने के लिए गांव से चार किलोमीटर दूर ही नलकूप है। उससे पहले कोई नलकूप ऐसा नहीं,

जहां से मीठा पानी प्राप्त किया जा सके। हमें पांच दिन का वक्त चाहिए और इन पांच दिन के बाद योजना के तहत हम लोग जो करेंगे वह योजना इस प्रकार है।

जैसा कि हम सब जानते हैं इस गांव के लोग अंधविश्वासी हैं। यह लोग दैवीय शक्तियों पर विश्वास करते हैं। इस गांव के लोग बैरागी, सन्यासी, संत पुरुषों के विचारों पर दृढ़ विश्वास करते हैं। अतः हम में से किसी एक को सन्यासी की वेशभूषा में गांव जाकर लोगों से संपर्क करके वहां के लोगों को अपने प्रति आस्थावान बनाना पड़ेगा। दूसरी बात, हम सभी में कमले अच्छी एक्टिंग कर लेता है। इसकी बात में दम रहता है। यह बेझिझक बात करता है। कमले को दुनियादारी की जानकारी भी अधिक है। इसलिए भाई कमले, तुम उस गांव में सन्यासी का भेष बनाकर जाओगे जिस गांव में यह बैलगाड़ी वाला रहता है। जैसे ही तुम उस गांव में प्रवेश करोगे तो लोग तुम्हें बैठने के लिए अवश्य कहेंगे। जब वह तुम्हें पीने के लिए पानी दें तो तुम उन्हें यह कह कर भ्रमित कर सकते हो-

"यह पानी इस गांव की जमीन से नहीं निकला है यह दूर से लाया गया पानी है।" यह बात सुनकर गांव के लोग तुमको अंतर्यामी मान बैठेंगे। दिव्य शक्तियों को जानने वाला सन्यासी समझ लेंगे। फिर तो वह लाचार लोग अपने कार्य को सफल कराने के लिए तुम्हें बहुत सा दान देने का प्रलोभन भी देंगे। तुम्हें बस सन्यासी के कपड़े पहनने होंगे और एक महीने के लिए नकली दाढ़ी और मूंछ लगानी होगी। एक महीने के बाद तो तुम्हारी दाढ़ी खुद ही इतनी बड़ी हो जाएगी कि तुम्हें नकली दाढ़ी की आवश्यकता ही नहीं पड़ेगी। जब तुम चमत्कार कर दोगे तब महोबा और जॉन तुम्हारे शिष्य बनेंगे। इन दोनों को भी तुम्हारे ही जैसा गेटअप लेना होगा। मैं और देवा भक्तजन बनेंगे। जो रोज सुबह सुबह तुम्हारे प्रवचन सुना करेंगे। हमारे साथ ही गांव के लोग ही बैठ जाया करेंगे। अब आगे की जो भी विशेष गतिविधियां है वह सभी तुमको उसी गांव में जाकर करनी होगी। बाकी हम चारों लोग इस रेतीले पठार पर योजना के तहत अपना कार्य करेंगे। गांव वालों की आस्था ही हम सबको रोजगार दिलाएगी। जब हम सब लोग सक्षम हो जाएंगे तब ग्रामीणों की समस्याओं का समाधान करेंगे।

देवा- तो अब देर किस बात की, चलो उस रेतीले पठार पर,वहीं से हम अपनी योजना को अंजाम देंगे। सभी नौजवान गांव के नजदीक रेतीले पठार पर पहुंचे। वहां जाकर उन्होंने देखा पठार पर चारों तरफ रेत ही रेत है। लेकिन उस पठार के किनारे किनारे बेर के घने पेड़ भी है। पहले तो सभी ने मीठे मीठे बेर का स्वाद लिया। सभी भूखे पेट थे। इसलिए मन भर के बेर खाए। जब पेट भर गया तो सभी एक बेरिया की छांव में बैठ गए। कुछ सोच विचार करने के बाद लियागत ने कमले से कहा, यह पठार गांव से ठीक एक किलोमीटर दूरी पर है। मुझे ऐसा आभास हो रहा है कि इस पठार के नीचे मीठा पानी जरूर होगा।

कमले बोला- यहां अगर पानी होगा भी तो 200 फीट से ज्यादा ही नीचे होगा। लेकिन अब पता कैसे लगाये कि पठार के नीचे पानी है या नहीं? खारा या मीठा तो बाद की बात है।

देवा ने कहा- देखो भाई, मैंने पॉलिटेक्निक किया हुआ है। जहां तक मुझे जानकारी है, किसी भू-भाग में पानी का पता लगाने के लिए जमीन में एक केंद्र की समान दूरियों पर इलेक्ट्रोड्स गाड़कर करंट छोड़ा जाता है।

लियागत बोला. इलेक्ट्रोड्स का इंतजाम कर भी लो तो करंट का इंतजाम कहां से करेंगे? यहां आस-पास कोई इलेक्ट्रिक पोल भी नहीं है।

कमले ने कहा- कोई दूसरा उपाय भी होगा। अपनी कोई देसी विधि भी होगी। मेरा मतलब है अपना कंट्री मेथड भी होगा। कंट्री मेथड का प्रयोग कीजिए। देवा और महोबा तुम दोनों कुछ करो। सोचो यार! कुछ सोचो !

महोबा कुदरत की नाइंसाफी से बहुत हताश हो चुका था। उसने देवा से कहा- भाइयों मुझे तो विधि का विधान समझ नहीं आया। जब यहां की जमीन उपजाऊ है तो इस जमीन के नीचे खारा पानी क्यों है? हां बंजर जमीन होने के दशा में खारा पानी हो तो कोई मुश्किल नहीं, ना किसान को, ना गांव वालों को। मैं जानना चाहता हूँ कि जमीन के नीचे खारा पानी होता ही क्यों है?

देवा ने महोबा के प्रश्न का बहुत ही आत्मविश्वास के साथ जवाब दिया। देवा ने

कहा- देखो भाई, दरअसल संसार में होने वाली प्रत्येक घटना का एक वैज्ञानिक कारण होता है। इस वजह से सृष्टि में घटनाएं घटित होती है। किसी भूभाग के अंदर खारा पानी होने का कारण यह है कि जमीन के अंदर साल्ट के रॉक्स होते है। जैसे हम दही को पर्कोलेट करते हैं ठीक वैसे ही पानी जमीन के अंदर पर्कोलेट होता है। तब पानी इन रॉक्स पर से जाता है। रॉक्स के संपर्क में आने से द्रवणीय क्षार पानी मे घुल जाते है। इस वजह से पानी खारा होता है। जमीन के अंदर पानी का पता लगाने के लिए एक और उपाय बताता हूं उसे करके देखो।

जमीन में कम से कम गहराई पर पानी की मौजूदगी ढूँढने के लिए अंग्रेजी के Y अक्षर के आकार की एक लकड़ी का इस्तेमाल करते हैं। लकड़ी के दोनों छोरों को हथेली के बीच रखकर वह उस स्थान के चारों ओर चक्कर लगाते हैं। जिस स्थान पर लकड़ी खुद-ब-खुद जोर-जोर से घूमने लगती है। समझो उसी स्थान पर पानी होने की संभावना शत प्रतिशत है।

देवा की योग्यता तथा उसके ज्ञान का भंडार देखकर उसके सभी साथी बहुत प्रभावित हुए। सभी को देवा के ज्ञान पर बड़ा आश्चर्य हो रहा था। सभी की नजरों में देवा हीरो बन गया। उसके ज्ञान को सम्मान देते हुए लियागत ने ताली बजाकर देवा को प्रोत्साहित किया।

लियाकत उठकर खड़ा हो गया और बोला- तो फिर देर किस बात की इस उपाय को अभी करके देखते हैं। वह पेड़ पर चढ़कर Y आकार की लकड़ी लेकर आया। उसने वैसा ही किया जैसा देवा ने बताया था। उसे सफलता भी मिली। लकड़ी स्वत: अपने केंद्र पर घूमने लगी। फिर क्या था कामयाबी की खुशी से सभी के चेहरे खिल उठे। लियागत ने कहा अब हमें यहां बोरिंग करने के लिए मिनी बोरिंग मशीन हायर करनी होगी। हम हायर ही कर सकते हैं क्योंकि मशीन की कीमत चार से पांच लाख तक की है। इसलिए खरीद पाना हमारे लिए नामुमकिन है। हमको मशीन के अलावा बांस बल्ली जैसा सामान भी जुटाना होगा। यह सब काम रात में ही करेंगे। गांव वालों को या किसी राहगीर को हमारे द्वारा किए गए कार्य की भनक तक न लगे। हमारे द्वारा किए गए हर कार्य गुप्त रहेंगे, तभी हम अपने मिशन में

कामयाब हो सकते हैं। सभी लियागत की बात से सहमत हो गए।

देवा ने महोबा से कहा- हम तुम और जॉन शहर जाकर चार पांच दिन के लिए किराए पर बोरिंग मशीन तथा बोरिंग का बाकी सामान लेकर आएंगे। कमले तुम शहर जाकर किसी दर्जी से सैफरन कलर के कपड़े का कुर्ता सिलवा लो। कुर्ता के साथ एक धोती भी चाहिए। उन कपड़ों को पहनकर तुम साधु का भेष बनाकर गांव में जाओगे और वहां के लोगों को अपनी बातों से प्रभावित करोगे। लियाकत भाई, तुम तब तक बोरिंग के लिए यहां की जमीन पर मार्किंग करके सुनिश्चित कर लो। हम सब भी अपना काम करके आते हैं। उसके बाद वह चारों लोग शहर की ओर रवाना हो गये। लियागत ने योजना अनुसार पठार पर मार्किंग शुरू कर दी। बोरिंग हेतु मार्किंग पूरी करने के बाद लियागत अपने साथियों के वापस आने का इंतजार करने लगा। शाम ढलते ही अंधेरा घिरने के बाद उसके सभी साथी बोरिंग के सामान के साथ साथ अन्य सामान लेकर उस पठार पर आ गए जहां लियागत उनका इंतजार कर रहा था। सभी अपने-अपने काम में लग गए तथा कार्य संपन्न होने के बाद योजना के तहत अपने कार्य को अंजाम देने के लिए सभी पूर्ण रूप से तैयार हो गए।

(अध्याय-४)

सिद्धि बाबा का चमत्कार

पांच दिन बाद एक साधु के रूप में कमले गांव में गया। पहली बार उसने साधु संतों वाले कपड़े पहने थे। वह कोई वास्तविक साधु तो था नहीं इसलिए थोड़ा सहमा हुआ था। जब ग्रामीणों ने उसे देखा तो वह उसके निकट आकर उसके पैर छूने लगे। गांव में एक साधु को देखकर गांव वालों को अचंभा सा लगा। साधु कोई वरदान दे सकता है। उन गांव वालों को साधु से उम्मीद जागने लगी। गांव का एक व्यक्ति लक्खा एक चारपाई लेकर आया। उसने साधु को चारपाई पर बैठाया और एक गिलास में पानी लाकर दिया।

साधु ने एक घूंट पानी पीने के बाद अंतर्ध्यान की मुद्रा में बैठकर कहा- हे बालक! जहां मैं बैठा हूँ वहां जमीन के नीचे बहुत ही खारा पानी है मगर इस गिलास में मीठा पानी है। लगता है कहीं दूर से पानी लेकर आते हो। मैं तुम्हारी सेवा से अत्यंत प्रसन्न हुआ बताओ इसके अलावा और तुम्हारी क्या समस्या है?

लक्खा ने हाथ जोड़ते हुए कहा, महाराज गांव में समस्या ही समस्या है। इस गांव के लोग सदियों से खारा पानी पी रहे हैं। हमें अपने मेहमानों के लिए चार कोस दूर से पीने योग्य पानी लाना पड़ता है। हम खुद खारा पानी पी सकते हैं लेकिन मेहमानों को नहीं पिला सकते क्योंकि हम **अतिथि देवो भव** पर विश्वास करते हैं। गांव के लोग कहने लगे- हां साधु महाराज! यह बिल्कुल सही बात है। हम लोग खारा पानी पी-पीकर बहुत परेशान हो गए हैं। हम बहुत दूर से पीने योग्य मीठा पानी लेकर आते हैं। जिससे हमारे यहां कोई मेहमान आ कर हमारी तरह मुश्किल महसूस ना करें। हमारी फसलें भी खारे पानी की सिंचाई की वजह से बेकार हो जाती हैं।

गांव वालों की बात सुनकर साधु रूप में कमले ने कहा- चिंतित ना हो बालक।

अब यहां जंगल में मंगल होगा| मैं अभी मां भवानी का आवाहन करता हूँ। साधु ने आसन लगाया फिर ध्यान मग्न होकर देवी को प्रसन्न करने वाले मंत्र का जाप करने लगा।

'ॐ ऐं ह्लीं क्लीं चामुण्डायै विच्चे ॐ

'ॐ ऐं ह्लीं क्लीं चामुण्डायै विच्चे ॐ

'ॐ ऐं ह्लीं क्लीं चामुण्डायै विच्चे ॐ

"जय मां काली तेरा वचन ना जाए खाली"।।

उल्लिखित मंत्रों का उच्चारण करते हुए उस साधु ने अपने दाएं हाथ को झटके से ऊपर उठाकर हवा में लहराते हुए नीचे की तरफ ले जाकर जमीन से थोड़ी सी मिट्टी अपने हाथ में उठा ली। मिट्टी को गांव वालों को दिखाते हुए बोला- यह देखो, मेरे हाथ में तुम्हारे गांव की मिट्टी है। जैसे ही मैं इस मिट्टी को उस पठार की दिशा में उछालूंगा ठीक उसी वक्त उस पठार पर विस्फोट होगा। वह विस्फोट जिस जगह पर होगा, ठीक उसी जगह पर तुम सब गांव वालों के लिए पीने योग्य पानी का एक सुंदर कुआं प्रकट हो जाएगा।

इतना कहकर उस साधु ने अपनी आंखें बंद कर ली और फिर से नवार्ण मंत्र **'ॐ ऐं ह्लीं क्लीं चामुण्डायै विच्चै'** का उद्घोष करते हुए गांव की मिट्टी को पहाड़ी की तरफ उछाल कर दिया। जैसे ही मिट्टी को उछालता है ठीक उसी समय रेतीले पठार पर विस्फोट होता है। यह नजारा देखकर गांव के लोग साधु की शक्तियों से प्रभावित हो जाते हैं। वहां एकत्रित लोग उस साधु को **'सिद्धि बाबा'** कहकर जयकारा लगाने लगते हैं। सभी लोग एक साथ कहते हैं, **"जय हो सिद्धि बाबा की"** आपने चमत्कार कर दिया सिद्ध बाबा।

गांव में बाबा की उपस्थिति की सूचना मिलते ही गांव का सरपंच 'भगाराम' तथा उसका छोटा भाई करुआ भी आ गया। गांव के लोगों ने सरपंच भगाराम तथा करुआ को साधु द्वारा किए गए चमत्कार के बारे में बताया। गांव वालों की बात सुनकर आश्चर्यचकित होते हुए सरपंच ने वहां उपस्थित लोगों से कहा- "चलो सभी

लोग मेरे साथ, बाबा ने क्या चमत्कार किया है? उस पठार पर जाकर देखते हैं। गांव के लोग मां भवानी का जयकारा लगाते हुए उस पहाड़ी की तरफ दौड़ते हैं। उस पठार पर जाकर लोगों ने देखा कि वहां तो वास्तव में एक कुआं बना हुआ है। सरपंच तुरंत ही गांव के चौकीदार बल्ला से कहकर एक बाल्टी और रस्सी मंगाता है। बल्ला दौड़ते हुए गांव की तरफ गया और कुछ ही देर में बाल्टी और रस्सी लेकर वहां आ गया है। सरपंच ने बाल्टी और रस्सी लेकर कुएं से पानी निकाला। जैसे ही सरपंच ने एक घूंट पानी पिया वह खुशी से उछल पड़ा और चीख चीख कर कहने लगा, "यह तो पानी बहुत ही मीठा है। **जय हो सिद्धि बाबा की**"। वहां पर एकत्रित गांव वाले भी सिद्धि बाबा के नाम का जयकारा लगाने लगे। सरपंच सबको शांत करते हुए बोला, गांव वालों इस कुएं का पानी पीने योग्य है। अब तो सिद्धि बाबा की कृपा से हमारे खेतों में भी हरी-भरी फसलें लहराएंगी। जय हो सिद्धि बाबा की। बाबा जी आपने चमत्कार कर दिया। हम पर बहुत बड़ा उपकार कर दिया। सुनो गांव वालों, साधु महाराज ने हमारी समस्याओं का समाधान कर दिया है। इस कुएं का पानी तो बहुत ही निर्मल है। गांव के नर नारियों में उत्साह पैदा होता है। सभी कुएं से पानी भरने लगते हैं और अपने घर ले जाते हैं। सभी लोग कुछ साधु की बहुत प्रशंसा करते हैं।

करुआ ने कहा- स्वामी जी आपने चमत्कार कर दिया। मेरी बहुत बड़ी समस्या दूर कर दी। स्वामी जी, आप विश्वास नहीं करोगे मुझे तो हर दो दिन बाद चार किलोमीटर दूर जाकर बैलगाड़ी से पानी लेकर आना पड़ता है।

स्वामी जी (कमले) ने मन ही मन कहा - हाँ तेरे बारे में सब जानता हूँ। मुझे पता है मटकों में भरकर पानी लाता है। सबको कविता सुनाकर पकाता है। बस तू मुजफ्फर एक उपकार कर दे। मेरे से दूर रह। मुझे पहचान मत लेना।

करुआ बोला - स्वामी जी आप कौन सी सोच में पड़ गये। आप शान्त क्यों हो?

स्वामी जी (कमले) ने कहा - यहाँ कुछ बाधाओं का आभास कर रहा हूँ। आज से मुझे यहीं अपना आसन लगाना होगा। जिनका नाम 'क' शब्द से प्रारंभ होता है

वह मेरे आसन की आस पास नहीं आए, तो सभी बाधायें दूर रहेंगी।

सरपंच ने करुआ से कहा- ए करुआ, तुम दूर रहो स्वामी जी से। उन्होंने चमत्कार किया है। अब गांव के किसी व्यक्ति की वजह से यहां कोई बाधा नहीं आनी चाहिए।

करुआ - ठीक है। ठीक है। मैं स्वामी जी दूर ही रहूंगा। स्वामी जी मैं बिल्कुल भी आपके नजदीक नहीं आऊंगा।

करुआ की तरफ देखकर स्वामी जी (कमले) ने कहा- मैं अपनी दिव्य दृष्टि से देख रहा हूं कि तुम एक किसान हो। तुमको कविता पड़ने का बहुत शौक है।

करुआ स्वामी जी (कमले) के वचन सुनकर स्तब्ध रह गया। वह निढाल होकर उनके चरणों में लेट गया। लेटकर उसने साधु के चरणों पर लगी धूल अपने माथे पर लगा ली। साधु ने करुआ को उठने के लिये कहा। करुआ उठकर खड़ा हो गया।

(अध्याय-५)

दिव्य कुआं

एक साधु द्वारा किए गए चमत्कार की खबर इलाके में आग की तरफ फैल जाती है। लोग साधु महाराज की जय कार करते हुए उनसे मिलने आते हैं। उन्हें रुपयों की मालाएं पहनाते हैं। हजारों रुपए का चढ़ावा चढ़ाते हैं। जो भी व्यक्ति उस कुएं का पानी पीता वह अचंभित हो जाता उनको विश्वास ही नहीं होता कि खारे पानी के इलाके में मीठे पानी का कुआं कैसे हो सकता है। सभी उसे दिव्य कुआं कहकर वहां पर चढ़ावा चढ़ाने लगे। जो भी साधु से मिलने आता वह अपनी मनोकामना पूर्ण करने के लिए प्रार्थना करता है। शाम ढलते ही वह साधु उस पठार की ओर चला जाता है। जाने से पहले वह साधु गांव वालों को उस पठार की ओर ना आने की हिदायत देते हुए कहता है, "अगर गांव का कोई भी व्यक्ति रात में पहाड़ी पर आया तो उस कुए का पानी फिर से खारा हो जाएगा"।

गांव के लोग बाबा को आश्वासन देते हैं की रात में गांव का कोई भी व्यक्ति उस रेतीले पठार पर नहीं जाएगा। जैसे ही वह रेतीले पठार पर पहुंचता है। उसके सभी साथी एक साथ उस पठार पर बने कुएं के पास आकर मिलते हैं। देवा कुएं के पास से चढ़ावा में आए रुपयों को उठाकर गिनता है। कमले के हाथ में मोटी रकम देखकर सभी गदगद हो जाते हैं। कुल मिलाकर 7000 रुपयों का चढ़ावा आया था। सभी के चेहरे खुशी से खिल जाते हैं। सभी सूझबूझ से बनाई गई अपनी योजना पर खुश होते हैं। लियाकत ने अपनी जेब से पॉकेट डायरी और एक पेन निकालकर योजना में हुए खर्चे का हिसाब बताया उसने कमले से कहा, तुमने जो कपड़े पहने हैं वह 1500 रुपए में आए हैं। बोरिंग का सामान का 5 दिन का किराया ₹2000 हो गया। सभी का हिसाब करने के बाद जो भी शेष बचा, उसको उन लोगों ने पांच भागों में बांट लिया। देवा ने कमले से कहा- कल प्रातकाल इस कुएं के पास तुम्हारे साथ महोबा

और जॉन तुम्हारे शिष्य बनकर योग मुद्रा में बैठेंगे। सुबह जब गांव वाले इस कुएं के पास आएंगे तब तुम दोनों लोग उन गांव वालों के सामने सिद्धि बाबा द्वारा किए गए चमत्कारों की मिथ्य प्रशंसा कर देना। जिससे गांव वाले वशीभूत होकर सिद्धि बाबा की हर बात पर विश्वास करने लगें। जो भी याचक आएगा उसके सामने हम बाबा को **कमलेश्वर बाबा** कहकर बुलाएंगे। जिससे बाबा कमलेश्वर का नाम एक ब्रांड बन जाएगा।। हर तरफ कमलेश्वर बाबा की ख्याति फैलेगी तो कुए पर चढ़ने वाले चढ़ावे में इजाफा होगा।

(अध्याय-६)

कमलेश्वर बाबा

रात योजना बनाने में गुजर जाती है। पौ फटने से पहले कमले के साथ महोबा व जॉन सन्यासी का भेष बनाकर योग मुद्रा में कुए के पास बैठ जाते हैं। इधर गांव के कुछ लोग कुए के दर्शन करने के लिए पठार की ओर आते हैं। गांव वालों ने देखा सिद्धि बाबा के पास दो व्यक्ति और बैठे हुए हैं। गांव के सरपंच भगाराम ने हाथ जोड़ते हुए कहा- "सिद्धि बाबा की जय हो"। बाबा आपके पास यह दो लोग कौन हैं?

बाबा के पास बैठे उनके शिष्यों ने जयकारा लगाते हुए कहा, **"कमलेश्वर बाबा की जय हो"**। हम दोनों कमलेश्वर बाबा के शिष्य हैं। बाबा ने ध्यान लगाकर हमें बुलाया है। हम एक आश्रम में रहते हैं। हमें आभास हुआ कि हमारे गुरु देव दिव्य शक्तियों का प्रदर्शन कर रहे हैं। इसलिए हम यहां चले आए हैं। हमारे गुरुदेव भक्तजनों के लिए रोज दरबार लगाया करेंगे। इसलिए हम भी रोज यहां पर उपस्थित रहा करेंगे। वहां लगने वाले दरबार में गांव वालों के साथ देवा लियागत भी उपस्थित थे। दरबार में करुआ ने देवा और लियागत को पहचान लिया। उसने अपने भाई सरपंच भगाराम को अपनी आपबीती सुनाई। उसकी आपबीती सुनकर भगाराम साधु के पास जाकर बोला - स्वामी जी, आपने जो दरबार लगाया है उसमें दो डकैत भी बैठे हैं। इनका एक गैंग है। इनके गैंग में 5 लोग है। इनके तीन साथी यहाँ नहीं हैं। मेरे भाई करुआ को एक बार यह लोग मिले थे। ये डकैत उसे लूटना चाहते थे। हां स्वामी जी अब आप बताओ, क्या मैं पुलिस को सूचित कर दूँ।

साधु (कमले) ने कहा- नहीं, पुलिस को सूचित नहीं करना है। यह दोनों मेरी शरण में आए हैं। इनको यहाँ ज्ञान प्राप्त होगा। इनको यहीं रहने दो।

सरपंच बोला- आप दुष्टों को भी माफ कर देते हो। धन्य हो आप, स्वामी जी

आपने सही कहा ये लोग आपकी शरण में आकर सुधर जायेंगे।

यह वार्तालाप चल ही रहा था कि तभी किसी दूसरे गांव का एक याचक वहां आ गया। उस याचक ने हाथ जोड़ते हुए कहा, "जय हो बाबा की"। बाबा जी हमने आप का बहुत नाम सुना है। आप एक दिव्य पुरुष हैं। आपकी दिव्य शक्तियों का बखान यहां आसपास के लोग हर समय करते रहते हैं। बाबा के दाहिने तरफ बैठे शिष्य ने कहा- तुमने ठीक सुना है। ये हैं "कमलेश्वर बाबा"। बाबा तुम्हारी हर मनोकामना पूर्ण करेंगे। जो भी तुम्हारी समस्या है उसका निदान करेंगे। **जय हो कमलेश्वर बाबा की**। गांव के सभी लोग एक साथ बोले जय हो **कमलेश्वर बाबा की**। जो भी याचक यहां चढ़ावा चढ़ाता है। उस चढ़ावे को कमलेश्वर बाबा आप सब गांव वालों की भलाई के लिए खर्च करेंगे। इस गांव के लोगों के लिए मीठे पानी का कुआं अपने मंत्रों की शक्ति से प्रकट कर दिया। भविष्य में कमलेश्वर बाबा अपने मंत्रों की शक्ति से गांव के किसानों की फसलें सिंचित करने के लिए मीठे पानी की व्यवस्था भी करेंगे। आप सभी की फसलें फिर से लहराएंगी। उन फसलों से लाखों रुपए की पैदावार होगी। इस गांव का कच्चा रास्ता कुछ ही दिनों बाद कमलेश्वर बाबा के कर कमलों से पक्का कराया जाएगा। हर घर में मीठे पानी की पाइप लाइन की सुविधा दी जाएगी। गांव की महिलाओं की सुविधा के लिए सभी घरों में शौचालय बनवाएंगे। आप सभी पर बाबा की हमेशा कृपा रहेगी । बस इसी प्रकार आते रहिए, आपका आना हमारे लिए हितकर है। जो भी व्यक्ति हमारा हितकर होगा, हम भी उसका हित करेंगे। इस प्रकार से प्रभावित होकर भक्तों की संख्या दिन प्रतिदिन बढ़ने लगी। सुबह से लेकर शाम तक 400-500 भक्त रोजाना आने लगे। प्रतिदिन उस कुए के पास हजार रुपए तक चढ़ावे के रूप में आने लगे। बहुत से याचक अपनी मनोकामना पूर्ण होने पर दस-दस हजार रुपए कमलेश्वर बाबा के चरणों में अर्पित कर देते थे। इस प्रकार 6 महीने गुजर गए। इन छ: महीनों में चढ़ावे में लाखों रुपए एकत्रित हो गए। एक दिन कमलेश्वर बाबा ने गांव के सरपंच को बुलाकर कहा- सरपंच जी, गांव के दो व्यक्तियों को मेरे पास भेजो। सरपंच ने कहा, बाबा जी यह मेरे साथ बलवंत और जगवंत आए हुए हैं। जो भी आज्ञा है बता दीजिए। कमलेश्वर बाबा ने बलवंत और जगवंत दोनों को अपने पास बिठाकर कुछ समझाया तथा कुछ सामान लाने के लिए शहर भेज दिया।

शहर से वापस आने पर वह दोनों पांच फावड़ा और पांच कुदाल किराए पर लेकर आए। कमलेश्वर बाबा ने कहा- इन औजारों से इस कुएं से लेकर गांव तक मीठा पानी उपलब्ध कराने हेतु एक नाली का निर्माण करेंगे। सरपंच ने गांव के दस आदमी नाली निर्माण के कार्य में लगा दिए। कुछ ही दिनों में नाली बनकर तैयार हो गई। जब नाली बनकर तैयार हुई तो बाबा ने चढ़ावे में आए दो लाख रुपए देकर गांव के सरपंच को एक सबमर्सिबल पंप खरीद कर लाने के लिए शहर भेजा। सरपंच सबमर्सिबल पंप खरीद कर लाया। सबमर्सिबल पंप कुएं में लगाई गई। कमलेश्वर बाबा के कहने पर सरपंच ने उस कुएं के पास एक इलेक्ट्रिक पोल लगवाने के लिए विद्युत विभाग को एक अर्जी भेजी। कुछ ही दिनों में वहां एक इलेक्ट्रिक पोल (बिजली का खंभा) लगा दिया गया। वहां से 4 किलोमीटर दूर एक ट्रांसफार्मर था। उस ट्रांसफार्मर से कुएं तक पावर सप्लाई का प्रबंध विद्युत विभाग द्वारा कर दिया गया। सबमर्सिबल पंप का उद्घाटन करने के लिए विद्युत विभाग के एक इंजीनियर को अतिथि के रुप में बुलाया गया। कुछ विधि-विधान करने के बाद कमलेश्वर बाबा ने आए हुए अतिथि से पंप को ऑन करने के लिए कहा। जैसे ही सबमर्सिबल पंप चली तो पानी नाली में दौड़ने लगा। जब कुएं का मीठा पानी खेतों में गया तो गांव के किसानों के चेहरों पर मुस्कान आ गई। उन्हें अपने खेतों में हरी भरी फसल लहराने की उम्मीद जागी। कुछ दिनों बाद उनकी उम्मीदों ने साकार रूप ले लिया। सभी किसानों के खेतों में फसलें लहराने लगी। अच्छी फसल होने के कारण उस वर्ष पैदावार में 10 गुना इजाफा हुआ। गांव के लोग बेहद प्रसन्न थे। वहां के वातावरण में चारों तरफ समृद्धि खुशहाली नजर आ रही थी। कमलेश्वर बाबा के लिए गांव वालों ने एक आश्रम बनाने का विचार बनाया। कमलेश्वर बाबा ने चढ़ावे में आई धनराशि से उस कुएं के पास चार पांच कमरे बनाकर एक प्रांगण बनवा दिया। यदि कभी वृद्ध याचक आता तो कमलेश्वर बाबा उसको आश्रम में दो-चार दिन ठहरने के लिए शयनकक्ष उपलब्ध करा देते थे। मृदुभाषी स्वभाव तथा सभी का सहयोगी होने के कारण हर तरफ कमलेश्वर बाबा और उनके चारों साथियों का यशोगान हो रहा था।

(अध्याय-७)

सत्यवान को मिला पुनर्जीवन

एक दिन सुबह-सुबह एक याचक आया और बाबाजी से बोला- बाबा जी, मेरा नाम सत्यवीर है। महाराज! यह देखो,यह मेरा इकलौता पुत्र सत्यवान है। इसकी उम्र दस वर्ष है। यह पिछले आठ वर्ष से लकवा ग्रस्त यानी पैरालाइज्ड है। जामुन के पेड़ से गिरने के कारण इसकी रीड की हड्डी टूट गई थी। रीड की हड्डी का ऑपरेशन हो चुका है। लेकिन इसका पूरा शरीर बेकार है। ना तो इसके हाथ पैर काम करते हैं ना यह हिलता डुलता है। इसके इलाज में लाखों रुपए खर्च हो गए। खूब इलाज करवा चुके हैं मगर कोई फायदा नहीं हो रहा है। मैं और लाखों रुपए खर्च कर दूंगा महाराज, बस आप इसको स्वस्थ कर दीजिए। आप तो चमत्कार करते हैं। कुछ ऐसा चमत्कार कर दीजिए कि मेरा बेटा सत्यवान अपने हाथ पैरों से अपनी दैनिक क्रियाएं करने लगे। गांव के बहुत से वैद्य तथा डॉक्टरों को दिखाया लेकिन कोई लाभ नहीं मिल रहा है। आप ही कुछ उपाय कीजिए।

कमलेश्वर बाबा ने अपना ध्यान तोड़ा फिर धीरे-धीरे अपनी आंखें खोली और बालक की कलाई को स्पर्श करते हुए कहा- निश्चिंत रहो बालक! तुमको अपना बेटा एक माह के लिए मेरे आश्रम पर छोड़ना होगा। हम तुम्हारे बेटे को आंशिक रूप से स्वस्थ कर देंगे। सत्यवान का पिता कमलेश्वर बाबा को अपना बेटा सौंप कर वहां से चला गया। कमलेश्वर बाबा ने देखा कि बच्चे की सांस फूल रही है। उन्होंने अपने साथी देवा को बुलाकर कहा- इस बच्चे को आश्रम के एक कमरे में बिस्तर पर लिटा दो। महोबा तुम शहर जाकर एक एक्यूप्रेशर चटाई तथा महुआ का तेल खरीद कर लाओ। हम इस बच्चे का उपचार आज से प्रारंभ करेंगे। इस बच्चे की श्वास नलिका में संक्रमण हो गया है, इसलिए शहद भी खरीद लेना। मैं किसी गांव वाले को भेज कर गांव से तुलसी के पत्ते मंगाता हूँ। शाम ढलते ही देवा और महोबा शहर

से कमलेश्वर बाबा द्वारा बताया गया सारा सामान लेकर आ गए। कमलेश्वर बाबा ने सत्यवान को शहद में तुलसी के पत्ते का रस मिलाकर पिलाया। कुछ ही घंटों में उस पीड़ित बच्चे को आराम मिलने लगा। रात में सोने से पहले सत्यवान को अदरक चबाने के लिए दिया। दूसरे दिन सुबह जब सत्यवान सोकर उठा तो वह अपने आप को स्वस्थ महसूस कर रहा था।

कमलेश्वर बाबा ने सत्यवान को निर्देश देते हुए कहा- आज से तुम को अब एक्यूप्रेशर चटाई पर दो दो घंटे सुबह शाम लेटा दिया जाएगा। हम लोग तुमको फिजियो थेरेपी द्वारा ठीक करने का प्रयास करेंगे। कमलेश्वर बाबा के कहने पर देवा ने सत्यवान का फिजियोथैरेपी उपचार प्रारंभ कर दिया। सत्यवान को सुबह शाम एक्यूप्रेशर चटाई पर लिटाकर एक्यूप्रेशर थेरेपी की सेवा दी जाने लगी। एक सप्ताह की थेरेपी द्वारा सत्यवान के अंगों में हलचल होने लगी। वह धीरे-धीरे अपने हाथ पैरों की संवेदनाएं महसूस करने लगा। एक्यूप्रेशर थेरेपी तथा फिजियोथैरेपी द्वारा धीरे-धीरे सत्यवान के अंगों की सेंसेशन पावर तथा मसल्स पावर बढ़ने लगी। उपचार के अथक प्रयासों के बाद सत्यवान अब चारपाई पर उठने बैठने लग गया। अब वह अपने हाथों से खाना खाने लग गया। इससे पहले घर के सदस्य सत्यवान को खाना खिलाते थे। क्योंकि उसके हाथ पैर काम नहीं करते थे। वह पूरी तरीके से पैरालाइज्ड अर्थात लकवा ग्रस्त था।

जब उसका पिता सत्यवीर उसे लेने आया तो सत्यवान को चारपाई पर बैठा देख कर भावुक हो गया। सत्यवीर कमलेश्वर बाबा को धन्यवाद देते हुए बोला- बाबा, आप वास्तव में दिव्य पुरुष हैं। आपकी दिव्य शक्तियों ने मेरे बेटे को नया जीवन दे दिया। मैं आपको एक लाख रुपए की माला पहनाकर सम्मानित करना चाहता हूँ। कमलेश्वर बाबा ने कहा- आप जो भी खुशी से करना चाहते हैं, आप अवश्य कर सकते हैं। इस बच्चे को ठीक करना मेरा कर्तव्य था। अब आप अपने बेटे को अपने घर ले जा सकते हैं। जो उपचार हम लोगों ने किया है वही उपचार निरंतर रखना, कुछ ही महीनों में आपका बेटा पूर्ण रूप से स्वस्थ हो जाएगा। ठीक वैसा हो जाएगा जैसा दुर्घटना से पहले था।

सत्यवान ने अपने बैग से दो दो हजार के नोट निकालकर नोटों की माला बनाना प्रारंभ कर दिया। माला बनाकर उसने कमलेश्वर बाबा के गले में पहना दी। सत्यवान के पिता ने कहा- महाराज, आप तो दिव्य पुरुष हैं। आप जो मन में सोचते हैं वही होता है। आपकी दया जिस पर हो जाए उसका कल्याण होता है। मैंने आठ वर्ष की अवधि में अपने बेटे के इलाज में 10 लाख रुपए खर्च कर दिये। कई डॉक्टरों के यहां चक्कर लगाए। बहुत से तांत्रिकों के पास गया। लेकिन कोई ठीक नहीं कर सका। आपने चमत्कार कर दिखाया। ठीक है बाबा जी अब मुझे अपने घर जाने की आज्ञा दीजिए।

बाबा के पास बैठे देवा ने कहा- ठीक है आप जा सकते हैं। जब भी किसी प्रकार की कोई सहायता की आवश्यकता हो। हमें याद जरूर करना । सत्यवीर अपने बेटे को लेकर वहां से चला गया। बहुत से याचक बाबा के आशीर्वाद का इंतजार कर रहे थे। याचक अपनी अपनी याचना बाबा के शिष्यों से साझा कर रहे थे। वहां बैठा एक याचक विनती करते हुए बोला- बाबा हमें भी आपकी सहायता की आवश्यकता है। हमें भी आशीर्वाद देकर अभिभूत कीजिए।

सभी को आशीर्वाद देने के लिए बाबा वहां बैठे भक्तों के पास आए। आशीर्वाद देने की प्रक्रिया सुबह से शाम तक चलती रहती थी। वहां आया हुआ प्रत्येक याचक कमलेश्वर बाबा के चरणों में कुछ ना कुछ धन राशि चढ़ा कर जाता था। इस प्रकार यह सिलसिला कई महीनों तक चला । लाखों रुपए का चढ़ावा एकत्रित हो गया। पांचों साथी पठार पर रहते-रहते ऊब गए थे। जब भी वह पठार छोड़ने की सोचते कोई ना कोई याचक आ जाता था। उन्हें उसकी समस्या को सुलझाना पड़ता था।

(अध्याय-८)

गांव वालों से वादा

एक दिन कमलेश्वर बाबा ने अपने साथियों से कहा- क्या आप लोगों को याद है? हमने गांव वालों से वादे किए थे। जिनमें से दो वादे पूर्ण हो गए हैं। देवा, तुमको याद है एक बार तुमने गांव वालों से वादा किया था कि कमलेश्वर बाबा एक दिन उनके गांव की सड़क को सीसी रोड बनवाएंगे। एक वादा और किया था। बाबाजी एक दिन गांव की महिलाओं की सुविधा के लिए हर घर में शौचालय बनवाएंगे। अब वक्त आ गया है दोनों कार्यों को पूर्ण करने का। देवा और महोबा तुम दोनों शहर जाकर सड़क निर्माण कार्य तथा गांव के हर घर में शौचालय निर्माण के लिए किसी ठेकेदार को इन दोनों कार्यों को पूर्ण करने के लिए ठेका दे कर आओ। जब यह दोनों कार्य पूर्ण होंगे तभी हम यहां से कहीं और जा सकते हैं।

दूसरे दिन ही सड़क तथा शौचालय बनने का कार्य प्रारंभ हुआ। कार्य जोरों शोरों से चलने लगा। सड़क बनाने में गांव के लोगों ने बहुत मदद की। कमलेश्वर बाबा ने सड़क बनाने वाले मजदूरों को उनकी मजदूरी समय पर दी। एक महीने के अंदर दोनों कार्य संपन्न हो गए। अब गांव की महिलाओं को खुले में शौच करने की कोई आवश्यकता नहीं थी। अब वह पूर्ण रूप से सुरक्षित थी। गांव की सड़क बनने से यातायात के साधन में वृद्धि हो गई। जो कार्य स्थानीय नेताओं तथा सरकार को करना चाहिए था। वह सभी कार्य उन नौजवानों ने समाज की भलाई के लिए खुद किए।

एक दिन दोपहर के समय आश्रम में जब बाबा का दरबार लगा हुआ था तभी गांव वालों ने कमलेश्वर बाबा से कहा- स्वामी जी हम गांव वालों की एक इच्छा है। हम सभी लोग आने वाले पंचायत चुनाव में आप को अपने गांव का सरपंच बनाना चाहते हैं। और आपके शिष्यों को पंचायत सदस्य बनाएंगे। गांव वाले अपनी बात

पूरी कर पाते कमलेश्वर बाबा अचानक से उठकर खड़े हो गए और उनकी बातों को सुने बिना ही आश्रम में बने अपने शयनकक्ष की ओर चले गए।

गांव वालों को कुछ समझ नहीं आया। उनको लगा कमलेश्वर बाबा उनकी बात से नाराज हो गए हैं। शायद उन्हें राजनीति करना पसंद नहीं है। गांव का एक बुजुर्ग बोला - साधु संतों को राजनीति से कोई लगाव नहीं होता है। मुझे पहले ही पता था कमलेश्वर महाराज नाराज हो जाएंगे और वही हुआ। वहां जितने लोग उतनी बातें होने लगी। कोई कहने लगा, अरे सन्यासी को राजनीति से बहुत नफरत होती है। हमें कमलेश्वर बाबा के सामने राजनीति पर चर्चा नहीं करनी चाहिए थी। हमने एक दिव्य पुरुष को नाराज कर दिया।

गांव वाले आपस में बात कर रहे थे तभी खादी के वस्त्र पहने एक व्यक्ति ने आश्रम में प्रवेश किया। दरबार में आए उपस्थित सभी भक्तगण व्यक्ति की ओर देखने लगे। दरबार में बैठे व्यक्तियों के नजदीक आकर उस व्यक्ति ने कहा- मुझे सिद्धि बाबा जी से मिलना है। कहां मिलेंगे वह?

वहां दरबार में बैठे लोगों के बीच बैठा एक बुजुर्ग बोला- आप यहां आसपास के क्षेत्र के तो नहीं लगते। लगता है कहीं दूर से आए हैं। कौन हैं आप ? कहां से आये ?

वह व्यक्ति बोला- जी मेरा नाम गुलाब सिंह है। मैं एक सरकारी विद्यालय में हेड मास्टर के पद पर कार्यरत हूँ। मैं कुमुद गढ़ का रहने वाला हूं। जो यहां से 60 किलोमीटर दूर है।

बुजुर्ग बोला- आप हेड मास्टर हैं। यह जानकर बहुत खुशी हुई। हम तो मास्टर की बहुत इज्जत करते हैं। मास्टर लोग ही तो बच्चों को पढ़ा कर उनको योग्य बनाते हैं। आप खड़े क्यों हैं। आप इधर कुर्सी पर बैठ जाइए।

वहां खड़ा महोबा यह सब बातें सुन रहा था। उसने तुरंत मास्टर जी को एक कुर्सी पर बैठाया। उनकी कुशलक्षेम पूछने के बाद जलपान कराया।

मास्टर जी को यह सत्कार देखकर बहुत ही खुशी हुई। उन्हें आश्रम में बहुत अच्छा लगने लगा। वहां बहुत सारे लोगों को बैठा देखकर वह समझ गए कि

कमलेश्वर बाबा वास्तव में अद्भुत व्यक्ति हैं।

जलपान कराने के बाद महोबा ने पूछा- अब बताइए मास्टर जी, हम आपकी क्या सेवा कर सकते हैं। आपने यहां तक आने की कैसी तकलीफ की। लगता है सिद्धि कमलेश्वर बाबा के दर्शन करने आए हो।

सिद्धि बाबा अभी दरबार लगा रहे थे। पता नहीं क्यों अचानक से उठकर अपने शयनकक्ष में चले गए। आज ही ऐसा हुआ है। कोई बात नहीं मैं दूसरे शिष्य लियागत जी से आपका परिचय करा देता हूँ। महोबा के लियागत को बुलाकर मास्टर जी के बारे में बताया तथा मास्टर जी से कहा- मास्टर जी यह कमलेश्वर बाबा के सबसे वरिष्ठ शिष्य हैं। आप अपनी समस्या इन्हें बताइए।

हेड मास्टर जी ने कहा- लियागत जी, दरअसल मेरी समस्या यह है कि मेरा बेटा कमले बहुत दिनों से गायब है। अपने सिद्धि बाबा कमलेश्वर जी कहिए कि वह दिव्य दृष्टि से देखें कि मेरा बेटा इस समय किस हालत में है। वह जिंदा भी है, या नहीं। मुझे बहुत चिंता हो रही है। उसकी मां ने तो कई दिन से खाना नहीं खाया है।

लियागत ने कहा- जी बिल्कुल, आपकी हर प्रकार से सहायता की जाएगी। मैं अभी सिद्धि बाबा से मिल कर आता हूँ। वह किसी कारण से अपने शयनकक्ष में विश्राम कर रहे हैं। वैसे वह दिन में विश्राम करते नहीं हैं। आज शायद उनकी तबीयत सही नहीं है। इसलिए दोपहर से पहले ही शयन कक्ष में प्रवेश कर गए हैं। उनके शयनकक्ष में केवल उनके शिष्यों को प्रवेश करने की इजाजत है। वैसे क्या नाम बताया आपने? कमले।

हेड मास्टर जी ने कहा- हां जी, कमले नाम है। वह आर्मी की भर्ती देखने गया था तब से घर नहीं लौटा है।

आर्मी भर्ती की बात सुनकर लियागत को शंका होने लगी कि कहीं उसका साथी कमले ही तो इनका बेटा नहीं? लियागत सोच में पड़ गया। वह एकटक हेडमास्टर जी को देखने लगा। उसने गौर से देखा की हेड मास्टर जी का चेहरा उसके साथी कमले से काफी मेल खाता है। उसे पूर्ण विश्वास हो गया कि यह कमले ही

इनका बेटा है। वह तुरंत वहां से उठ खड़ा हुआ।

लियाकत की हालत देखकर हेड मास्टर जी ने कहा, क्या हुआ आप बहुत चिंतित दिख रहे हो। मैंने ऐसी कोई बात कह दी, जो आपको पसंद नहीं आई ।

लियाकत बोला- नहीं मास्टर जी, ऐसी कोई बात नहीं है। आप यही बैठिए मैं अभी आता हूँ।

हेड मास्टर ने कहा- ठीक है जी मैं यहीं बैठा हूँ। आप मेरी समस्या को सिद्धि बाबा के समक्ष प्रस्तुत कर दीजिए। वह अवश्य कोई ना कोई समाधान ढूंढ निकालेंगे। मास्टर जी को वहीं बैठा कर लियाकत कमले से मिलने चला गया।

जैसे ही लियागत ने कमलेश्वर बाबा के शयन कक्ष में प्रवेश किया तो उसने देखा कि कमलेश्वर बाबा पलंग पर अपने सिर के ऊपर से एक चादर ओढ़ कर बैठे हुए हैं।

लियागत ने पूछा, क्या हुआ कमले भाई? दरबार से अचानक उठ कर इस कमरे में क्यों आ गए ? भाई एक हेड मास्टर जी बहुत बड़ी समस्या लेकर आए हैं। भाई, तुम उनसे मिलो एक बार। मुझे तो बहुत टेंशन हो रही है। उनका चेहरा तुम्हारे चेहरे से बहुत मिलता जुलता है।

कमले ने कहा- भाई तुम को बिल्कुल सही टेंशन हो रही है। क्योंकि बात ही टेंशन वाली है। वो हेड मास्टर जी कोई और नहीं, मेरे ही पिता हैं। वो तो मुझे ढूंढते ढूंढते यहां तक आ गए। यदि मैं उनके सामने गया और कुछ कहा, तो वह तुरंत मेरी आवाज पहचान लेंगे। मुझे कमलेश्वर बाबा के रूप में देखकर वह मुझे कभी माफ नहीं करेंगे। वह मुझे धोखेबाज समझ लेंगे। वह बहुत ही सख्त मिजाज हैं। उन्हें धोखाधड़ी, जालसाजी जैसे कार्यों से बहुत नफरत है।

लियागत ने कहा- अब क्या करेंगे। लगता है हम सबके घर वाले खोजते खोजते कमलेश्वर बाबा मतलब कि वह सभी तुम्हारे पास ही पहुंचेंगे। अब मैं क्या कहूं मास्टर जी से ? कैसे समझाऊंगा उन्हें?

कमले ने कहा- तुम बाहर जाकर कह दो, कमलेश्वर बाबा इस समय ध्यान में

हैं। ध्यान में रहते हुए वो केवल अपने शिष्यों से ही वार्तालाप करते हैं। लेकिन जब मैंने आपकी समस्या को बताया तब उन्होंने अपनी दिव्य दृष्टि से देख लिया है कि आपका बेटा अतिशीघ्र घर वापस आने वाला है। आपका बेटा कामयाब हो चुका है। वह कुछ ही दिनों में आपके पास वापस आ जाएगा।

लियागत कमलेश्वर बाबा के शयन कक्ष से बाहर निकल कर आया। उसने देखा कमले के पिता सकारात्मक जवाब की उम्मीद लगाएं बैठे हुए हैं। जब लियागत हेड मास्टर जी के पास गया तो हेड मास्टर जी ने पूछा, क्या कमलेश्वर बाबा बाहर आएंगे ?

लियागत ने कहा, कमलेश्वर बाबा तो बाहर नहीं आएंगे वह ध्यान लगाकर बैठे हुए हैं। वह इस समय हठयोग कर रहे हैं। मैंने फिर भी उनको आपकी समस्या बताई। उन्होंने कहा है कि आप निश्चिंत रहें। आपका बेटा बहुत जल्दी आपके पास पहुंच जाएगा। वह बहुत जल्दी घर आएगा। कमलेश्वर बाबा जी ने कहा है कि हेड मास्टर जी से कहो कि वह निश्चिंत रहें और अपने घर जाएं। इसलिए आप मेरे साथ चलिए मैं आपको बस स्टॉप तक छोड़ देता हूँ। आप समय से घर पहुंच जाइए।

(अध्याय-९)

काम का अखबार

लियागत मास्टर जी को लेकर आश्रम से बाहर निकल गया। आश्रम से आधा किलोमीटर दूर बस स्टॉप पर पहुंचकर मास्टर जी को बस में बिठाते वक्त लियागत को अपनी मंगेतर की याद आ गई। जब वह आर्मी की भर्ती देखने के लिये घर से चला था तब उसकी मंगेतर सरिता उसको बस स्टॉप तक छोड़ने आयी थी। सरिता ने उसको विश्वास दिलाया था कि वह सेना की भर्ती में जरूर पास होगा, अब तो वह एक सैनिक बनकर ही घर लौटेगा लेकिन वह तो अब तक घर ही नहीं पहुंचा। घर पर सभी उसकी राह देख देख कर थक गये होंगे।

लियागत को चिंतित देख मास्टर जी ने कहा, क्या हुआ बेटा, क्या सोच रहे हो ? लियागत की आँखों में आंसू आ गये। वह बोला - मास्टर जी, जिस प्रकार आप अपने बेटे को खोज रहे हो उसी प्रकार मुझे भी मेरे पिता खोज रहे होंगे । मुझे शर्म आनी चाहिये, मैं यहाँ आश्रम में छुपकर बैठा हूँ। मैं ऐसे कैसे निश्चिंत होकर रह सकता हूँ।

मास्टर जी ने पूछा, तो क्या तुम घर से नाराज होकर यहाँ आ गये हो। बेटा माँ बाप से नाराज होकर उनको दुखी नहीं करना चाहिये । यह तो गलत किया है तुमने । अब मुझे ही देखो अपने नालायक बेटे की खोज में दर दर भटक रहा हूँ। वो घर से बोलकर गया था कि वो सेना में भर्ती होने जा रहा है। लेकिन उस दिन से लेकर आज तक वह घर वापस नहीं आया। ना ही उस नालायक का कहीं अता-पता है।

लियागत ने उन्हें समझाते हुये कहा- देखिये मास्टर जी, ऐसा भी तो हो सकता है कि आपका बेटा कमले सेना में भर्ती हो गया हो। उसे कैंप से ही सीधा ट्रेनिंग के लिये भेज दिया हो। आपको सूचित करने के लिये उसे समय ही ना मिला हो।

मास्टर जी बोले- नहीं-नहीं, ऐसा कुछ नहीं है। उन्होंने तुरंत ही अपना बैग खोला और उसमें से एक अख़बार निकाला। उन्होंने अख़बार के एक पेज को दिखाते हुये कहा, यह देखो, उसका नाम तो इस लिस्ट में है। यह लिस्ट सेना भर्ती कार्यालय ने जारी की है। जो लोग उस समय मेरिट में नहीं आ पाये थे तथा मेरिट के आस पास थे। उन सभी कैंडिडेट का नाम वेटिंग लिस्ट में रख दिया था। क्यों कि अतिरिक्त पदों के आने की संभावना थी।

लियागत ने उनके हाथ से अख़बार लेकर कहा- मास्टर जी, यह सब कब हो गया? हमको पता क्यों नहीं चल पाया? यह तो बड़े काम का अख़बार है। क्या यह अख़बार आप मुझे देंगे।

मास्टर जी ने कहा- यह मेरे काम का अखबार है। मेरे बेटे का नाम इस लिस्ट में है। तुम्हारे काम का नहीं है यह न्यूज़पेपर, तुम क्या करोगे इसका?

लियागत बोला- इसी अख़बार की सहायता से मैं आपके बेटे को कल सुबह ही आपके घर लेकर आऊंगा।

मास्टर जी ने पूछा, एक बात बताओ तुमने अभी-अभी कहा था कि यह खबर तुमको पता नहीं चली इसका क्या मतलब है? क्या तुमने भी भर्ती देखी थी?

तुम मुझे एक बात बताओ, मैं दस दिन से यह अख़बार लेकर मारा मारा फिर रहा हूँ तब भी मैं अपने बेटे को नहीं खोज पाया। तुम कैसे खोजोगे ?

तभी बस ने हॉर्न दिया। कंडक्टर ने जोर से चिल्लाते हुये कहा, जिसको जाना नहीं है वह उतर जाए। बस चलने वाली है। यह सुनते ही मास्टर जी को छोड़ने आया लियागत बस से निचे उतरते हुये बोला, ठीक है मास्टर जी मैं चलता हूं एक बात बताता हूं आपको कि यहाँ आश्रम में एक भक्त आता है। वह दूदर्शन में काम करता है। उसी भक्त के द्वारा गुमशुदा व्यक्ति आपके बेटे तथा इस न्यूज़पेपर में प्रकाशित हुई वेटिंग लिस्ट वाली सूचना अनाउंस करवा देंगे। अब आप निश्चिंत होकर घर जाइये। वैसे आपकी खोज का तरीका अलग था अब आप मेरा तरीका देखना मास्टर जी! ठीक है अब चलता हूँ। नमस्कार जी, अब आपसे कल मुलाकात होगी। मास्टर जी

ने हंसते हुए कहा, मुझे लग रहा है तुम्हें पता है मेरा बेटा कहां है। कुछ ना कुछ तो गड़बड़ है। खैर जो भी है अब तुम्हें ही इस समस्या का समाधान करना है।

बस प्रस्थान कर गई। लियागत अख़बार लेकर आश्रम में आ गया। वह सीधा कमले के शयनकक्ष में गया। वहाँ पहले से ही उसके सभी साथी उपस्थित थे। लियागत ने कमले को पूरी बात बताई। कमले ने लिस्ट में अपना नाम देखा। अपना नाम देख कर भी उसने खुशी जाहिर नहीं की। वह एक एक करके सभी का नाम बड़े ध्यान से खोजने लगा। अचानक से कमले ने लियागत को गले लगा लिया। वह रोने लगा यह दृश्य देखकर महोबा देवा और जॉन भी रोने लगे। देवा ने कमले के हाथ से अख़बार ले लिया। वह अख़बार को गहनता से पढ़ने लगा। उसे ऐसी कोई खबर नहीं दिखीं जो किसी अनहोनी को दर्शाती हो। जिसकी वजह से रोने का कोई कारण हो। देवा से रहा ना गया,उसने पूछ ही लिया। क्या हुआ तुम दोनों रो क्यों रहे हो। उसने देवा को गले लगा लिया और कहा, यह वक्त तो खुशी के आंसू बहाने का है। यह लो अखबार पढ़ो। इस अखबार में निकली सेना भर्ती की मेरिट लिस्ट में अपना नाम देखो।

कमले ने अख़बार में निकली लिस्ट दिखाई सभी के नाम उस लिस्ट में थे। देवा लिस्ट में अपना नाम देखकर बोला अब हम पंजा गैंग के नहीं,अब हम अपने भारत देश की सेना के शक्तिशाली सैनिक हैं। देवा अपने हाथ के पंजे को मुट्ठी बनाकर हूटिंग करने लगा। वह जोर-जोर से हुप हुप हुर्रे कहकर ख़ुशी जताने लगा। सभी साथी उसकी खुशी में शामिल हो गये।

लियागत ने कहा इस लिस्ट में हम सभी के नाम हैं। हम सब कल सुबह अपने अपने घर जाकर अपने बड़ों का आशीर्वाद लेंगे। कल शाम को 6:00 बजे से पहले ही कैंप में रिपोर्ट करेंगे।

कमले ने जोर देते हुये कहा, हम सबको कल शाम 5:30 बजे तक आर्मी कैंप में रिपोर्ट करनी है। आज शाम 7 बजे हम सब यहाँ से निकल जायेंगे।

महोबा बोला, हम लोग जब यहाँ से जायेंगे और अगर किसी गाँव वाले ने देख

लिया तो गाँव वालों को हम लोग क्या जबाब देंगे।

कमले ने कहा, गाँव वालों को हमें अभी बुलाना होगा। हम लोग गाँव के सरपंच को पूरी सच्चाई बताकर ही यहाँ से जायेंगे। अब रही आश्रम की जिम्मेदारी तो इस आश्रम को एक विद्यालय में परिवर्तित करने की कार्यवाही करवाएंगे।

जिससे कि यहाँ के बच्चों को शिक्षित करने हेतु शिक्षण कार्य हो। जिसके लिये सरपंच प्रशाशन से सम्पर्क कर इस कार्य को कराएं।

जब सभी कमरे से बाहर निकले तो उन्होंने देखा कि बाहर लोगों का हुजूम लगा हुआ है। सभी भक्तगण बेसब्री से इंतजार कर रहे थे। वहां बैठे एक व्यक्ति ने कहा मुझे कमलेश्वर बाबा से मिलना है। मैं बहुत दूर से आया हूँ।

कमलेश्वर बाबा बोले- शांति बनाए रखें! सभी की समस्याओं को बारी-बारी से सुनूंगा। सबसे पहले यह याचक जो दूर से आए हैं, अपनी समस्या बताएं।

(अध्याय-१०)

जहां न पहुंचे रवि, वहां पहुंचे कवि

कमलेश्वर बाबा के कहने पर वह याचक उनके नजदीक आया। उसने बाबा के नजदीक आकर उनके कान में कुछ कह दिया। उसकी समस्या को सुनकर कमलेश्वर बाबा मौन हो गए। वहां दरबार में उपस्थित सभी भक्त जन सोचने लगे कि इस याचक ने कमलेश्वर बाबा के कान में ऐसा क्या कह दिया कि वह मौन हो गए।

लियागत ने आकर उस याचक से पूछा, ऐसा तुमने क्या कह दिया कि कमलेश्वर बाबा निरुत्तर हो गए। तुम्हारी समस्या क्या है, कौन हो तुम ?

याचक बोला- तुम भी इधर आओ मेरे नजदीक। सुनो मेरा नाम प्रताप चौहान है। मैं एक लेखक हूँ। जो भी बात है, गोपनीय है अर्थात कॉन्फिडेंशियल है। मैं तुम लोगों की सच्चाई जानता हूँ। तुम लोग यह सब नाटक कर रहे हो, इसका क्या कारण है। यह सब करने का उद्देश्य क्या है ? गांव के भोले भाले लोगों को भ्रमित करने का कारण क्या है?

लियागत ने कहा- प्रताप चौहान जी, अब आप ध्यान से सुनिए! पहली बात तो यह है कि हमने यहां पर उपस्थित किसी भी व्यक्ति को भ्रमित नहीं किया है। देखिए वैसे भी हम लोग यहां उपस्थित सभी जनों को अपनी सच्चाई बताने जा रहे थे। क्योंकि आज हम पांचों साथी इस आश्रम को छोड़ कर अपने अपने घर चले जाएंगे। हमारी जो योजना थी वह समाज की भलाई के लिए थी। हमने समाज की भलाई के लिए ही सारे प्रपंच रचे थे। लेकिन एक बात मुझे बताओ तुम्हें हमारे बारे में इतना सब कैसे पता चला? उसकी जानकारी चाहता हूँ।

प्रताप चौहान- सुनो, तुम लोगों ने बोरिंग करके यहां जो कुआं बनाया है जिसे तुमने चमत्कार का दर्जा दिया है। दरअसल में कोई चमत्कारी कुआ नहीं है। तुम

लोगों ने ही यहां पर बोरिंग करके कुआं बनाया है। यहां पर उपस्थित लोग समझते हैं कि बाबा जी ने अपने मंत्रों से कुआं प्रकट किया है। अब आप सोच रहे होगे कि मुझे यह सच्चाई कैसे पता चली तो सुनिए श्रीमान, शहर जाकर जिस दुकान से बाबा जी के पास बैठे दोनों शिष्य बोरिंग करने का सामान लेकर आए थे। उस दिन मैं उसी दुकान पर बैठा था। क्योंकि वह दुकान मेरे दोस्त की थी।

लियागत- वह तो सब ठीक है। लेकिन हमने यहां बोरिंग की है यह तुम्हें कैसे पता चला?

प्रताप चौहान - कमलेश्वर बाबा जी का नाम जब कई लोगों के मुंह से सुना, इस चमत्कारी कुआ का नाम सुना तो इस चमत्कार को देखने के लिए मुझे यहां आना पड़ा। यहां आकर मैंने कमलेश्वर बाबा के पास बैठे दोनों शिष्यों को पहचान लिया। जब यह दोनों शिष्य बोरिंग मशीन तथा बोरिंग का सामान ले रहे थे, उस समय मैं अपने दोस्त की दुकान पर मौजूद था। लेकिन मुझे यह नहीं पता था कि उस बोरिंग मशीन से यह चमत्कारी कुआ बना है। यह तो अकस्मात की बात है कि कल मैं एक कहानी की खोज में यहां वीराने में भटक रहा था। तभी मैंने दो राहगीर को इस चमत्कारी कुआ के बारे में बात करते हुए सुना। वह दोनों आपस में बात कर रहे थे कि एक सिद्धि बाबा ने मंत्रों द्वारा चमत्कार करके रेतीले पठार पर एक मीठे पानी का कुआं प्रकट कर दिया है। वह सन्यासी बाबा अपने भक्तों की समस्याओं को तुरंत दूर कर देते हैं। जो मरीज सालों से ठीक नहीं हो पा रहे उनकी नब्ज देखकर उनकी मर्ज बता देते हैं। उनके द्वारा किए गए उपचार से मरीज तुरंत सही हो जाता है। कोई भी याचक सिद्धि बाबा के पास आकर निराश नहीं लौटता है। लेखक होने के नाते मेरे मन में विचार आया कि चलो चमत्कारी बाबा को देखा जाए। मेरे लिए शायद कोई कहानी की खोज कर देंगे। जब मैंने यहां आकर देखा तो मैंने उनके शिष्यों को पहचान लिया। मैं समझ गया इन लोगों ने गांव वालों को भ्रमित करके अपने प्रति आस्थावान बना लिया है।

(अध्याय-११)

बच्चों को शिक्षा

लियाकत बोला- हां हम पांच साथी हैं। हम पांच लोग ऐसे हैं जिन्होंने रोजगार के लिए प्रयत्न किया। लेकिन भाग्य ने साथ नहीं दिया। यहां जो भी चमत्कार देख रहे हो वह सब हम पांचों साथियों ने अपनी योग्यता से हासिल किया है। हम दूसरों की सहायता भी करते हैं। हम जो भी करते हैं समाज के हित में करते हैं। हम पांचों साथी हर कार्य परोपकार के लिए करते हैं। आपको पूरा किस्सा हमारे कमलेश्वर बाबा जी बताएंगे।

कमलेश्वर बाबा अपना रहस्य गांव वालों को बताते हैं। उन्होंने वहां मौजूद भक्त गणों से कहा- प्रिय सज्जनों, आप सबके समक्ष मैं अपनी सच्चाई पेश कर रहा हूँ। मैं कोई कमलेश्वर बाबा नहीं हूँ। मैं भी आपकी तरह सामान्य व्यक्ति हूँ। मेरा नाम कमले है। मेरे साथियों ने मुझे कमलेश्वर बाबा कहकर पुकारना शुरू कर दिया था। उसके बाद सभी लोग मुझे कमलेश्वर बाबा कहने लगे। हम पांचों साथी सेना की भर्ती देखने के लिए गए थे। हम पांचों लोगों के नाम मेरिट लिस्ट में नहीं आए। भर्ती ना होने के डर से हम लोग अपने घर नहीं गए। हम लोग अपनी जीविका के साधन खोजने लगे। दो वक्त की रोटी की तलाश में अंततः इस वीराने जंगल में आ गए। दरअसल मैंने बाबा का भेष बनाकर अपनी असलियत छुपाई है। मगर सच्चाई यह है कि हम पांच बेरोजगार साथियों ने मिलकर आपकी और अपनी समस्या को दूर करने के लिए एक योजना बनाई थी। उस योजना के अनुसार हम लोगों ने शहर से बोरिंग का सामान लाकर इस पठार पर एक कुआं बनाया था। जब कुआं पूर्ण रूप से तैयार हो गया था, तब मैं आपके गांव में साधु का भेष रख कर गया। जब मैंने मां भवानी का आवाहन करके आपके गांव की माटी उठाकर पठार की ओर उछाला था उसी वक्त हमारे एक साथी ने इसी पठार पर सुतली बम फोड़ दिया था। आप सब

लोगों को लगा कि बाबा ने कोई चमत्कार कर दिया। उस समय आप लोगों को पूर्ण विश्वास हो गया जब आप लोगों ने अपनी आंखों से पठार पर एक कुआं देखा। गांव के सरपंच ने कुए का मीठा पानी पिया उस समय आप सबके चेहरे पर प्रसन्नता देखकर हमें भी अत्यंत खुशी हुई थी। हम पांच ऐसे बेरोजगार साथी हैं, जिन्होंने आपके लिए यह सब किया। हम अपनी बेरोजगारी पर विजय पाना चाहते थे। विजय पाने के लिए समृद्ध होना अत्यावश्यक था। जैसा कि आप सभी जानते हैं इस कुएं को चमत्कारी कहकर जो प्रसिद्धि दी, उस कारण ही शहर से समृद्ध लोग अपनी समस्याओं को लेकर इस चमत्कारी कुए के पास आते थे। वह बहुत पैसा चढ़ावा के रूप में यहां देते थे जिसकी वजह से ही आप सभी के लिए सुविधाएं मुहैया कराने में हम सक्षम हो पाए। अब आप सभी लोग समृद्ध हैं इसलिए अब किसी भी प्रपंच की जरूरत नहीं है। उस समय हम लोग भी बेरोजगार थे इसलिए हम लोगों को भी धन की आवश्यकता थी। लेकिन अब खुशी की बात यह है कि सेना भर्ती कार्यालय से एक दूसरी लिस्ट जारी हुई है। उस लिस्ट में हम पांचो साथियों के नाम हैं। अब हम पांचो सैनिक बन चुके हैं। हम पांचों लोगों को रोजगार मिल चुका है। इसलिए हम पांचों लोगों को अब आज्ञा दीजिए कि हम लोग इस आश्रम को त्याग कर अपने देश की सेवा करने के लिए यहां से प्रस्थान करें।

लेखक ने ताली बजाकर कमलेश्वर बाबा तथा उनके साथियों को प्रोत्साहित किया। वहां मौजूद सभी जनों को संबोधित करते हुए लेखक ने कहा मुझे गर्व है ऐसे परोपकारी लोगों पर जो समाज के हित के लिए कार्य करते हैं। अपनी योग्यता का प्रदर्शन करते हुए इन पांचों बेरोजगारों ने गांव वालों को भी सारी सुविधाओं से परिपूर्ण कर दिया है। लेखक ने कमलेश्वर बाबा से कहा, कमलेश्वर बाबा जी मेरी एक इच्छा है अगर आपका अनुमति हो तो क्या मैं आपकी तथा आपके साथियों के जीवन संघर्ष की कहानी को **"बेरोजगार की विजय"** के नाम से एक पुस्तक प्रकाशित करा सकता हूँ। मैं आप सब के जीवन संघर्ष की कहानी को बखूबी जान गया हूँ।

कमलेश्वर बाबा ने कहा, मुझे बहुत खुशी हुई कि हमारे जीवन संघर्ष की कहानी

आप पुस्तक में दर्ज कराएंगे। आप लेखक हैं, आप समाज को अच्छे संदेश देते हैं। यह हमारा सौभाग्य होगा कि आपने हमारे संघर्ष की कहानी को एक पुस्तक के माध्यम से समाज तक पहुंचाया। अब हम पांचों को आज्ञा दीजिए हम सभी अपने अपने घर जा रहे हैं। कल ही हमें सेना भर्ती कैंप में जाकर उपस्थित होना है। हम पांचों लोग अपने देश के सैनिक बन चुके हैं। अब हमें समझ आ रहा है कि मनुष्य को हमेशा अच्छे कर्म करने चाहिए दूसरों की मदद करनी चाहिए जैसा कि आप जानते हैं हमें सफलता मिलना, हमारे अच्छे कर्मों का फल है। विधाता ने हमें इस योग्य समझा कि हम देश की सेवा कर सकें इसीलिए विधाता ने हमें सैनिक बनने का सौभाग्य प्रदान किया। हम पाँच लोगों के जाने के बाद इस आश्रम को विद्यालय में परिवर्तित करके बच्चों को शिक्षा प्रदान करने के लिए गांव के सरपंच जी प्रयत्न करेंगे।

सरपंच ने कहा- कमलेश्वर बाबा जी मैं आपसे तथा आपके साथियों से यही कहना चाहता हूं कि आप लोगों ने हमारे लिए बहुत कुछ किया है। आप लोग इस आश्रम को छोड़कर जा रहे हैं यह सोचकर ही हम गांव वालों को बहुत दुख हो रहा है। लेकिन आप देश की सेवा के लिए जा रहे हैं इसलिए हम किसी को रोकेंगे नहीं।

लेखक ने भावुक होकर कहा- आप पांचों लोग धन्य हैं। आप जैसे नौजवान कभी भी बेरोजगार नहीं रह सकते। आप सभी की सूझबूझ से आज यह गांव समृद्ध हो गया है। गांव के लोगों के लिए मीठे पानी की व्यवस्था करके आप सभी ने बहुत बड़ा पुण्य कमाया है। मुझे एक शानदार कहानी मिल गई है। मैं इस कहानी को प्रकाशित करा कर समाज को एक सकारात्मक संदेश देने की कोशिश करूंगा। इस कहानी का शीर्षक होगा **"बेरोजगार की विजय"**

www.ingramcontent.com/pod-product-compliance
Ingram Content Group UK Ltd.
Pitfield, Milton Keynes, MK11 3LW, UK
UKHW040020200726
13854UKWH00001B/288